あなたに安全な人

木村紅美

河出書房新社

あなたに安全な人

装画　安藤晶子
装幀　佐々木暁

「あの、お風呂の排水口の清掃に伺いました」

四月半ばのある日、冬物のパジャマのうえから綿入れの袢纏《はんてん》を羽織《はお》り昼ごはんを終えた妙《たえ》は、インターホン越しにしゃちほこばっていそうにうわずった便利屋の声を聞き、カレンダーをたしかめた。

「明日じゃありませんか」

「いえ、今日の予定で。明日以降は別の予約が」

玄関には、蒲公英《たんぽぽ》とヒメオドリコソウ、オオイヌノフグリを飾った花瓶の横に、先々週、東京から来たという男から貰《もら》った紙袋が置きっぱなしだった。ドア越しに、ちょっと待ってください、と呼びかけ紙袋を二階の部屋へ運び、着古したタートルネックとカーディガン、コーデュロイのズボンに着がえた。下へ戻り洗面所と浴室の電気を点《つ》け、きちんと掃除されているのをたしかめた。

掃除は家の隅から隅まで、毎日、完璧にしている。掃除機は年明けに壊れてから買っていなくて、箒《ほうき》とはたき、雑巾《ぞうきん》を使う。東日本大震災のときの大津波で泥や海藻《かいそう》にまみれた地デジ対応テレビが山積みになった光景をニュースで見て以来、燃えないごみと化す電化製品をこれ以上家に増やすのには抵抗をおぼえるようになった。携帯電話も、以前に持っていた機種が駄目になったあと、部品に要る希少金属を採掘するのにアフリカの子どもたちが酷使されているらしいと知り新調する気はなくなった。

さいわい、掃除をする時間はたっぷりとあり交友関係はほぼ途絶えているため困ることはとくになかった。

「すみませんね。よろしくお願いします」

ドアをあけたら、顔にフィットする灰色のマスクをはめ青っぽい眼鏡をかけた男が、頭ひとつ背の低い妙を見おろした。四十六歳の妙よりひと回りは若いだろうか。

「どうぞ、こちらへ。先週から、お風呂のお湯を流そうとしたら逆流するように」

男は持参した褐色《かっしょく》のスリッパを履《は》いて玄関へあがり、妙の説明を聞きながら、ええ、ええ、うしろで相づちを打つ。曇《くも》り硝子《ガラス》の小窓から薄い陽が射す浴室へ通した。

妙が、生まれ育ったこの町へ九年ぶりに帰ったのは昨年春で、東京で働くのに疲れたのと母の悪性リンパ腫《しゅ》がわかったのがきっかけだった。母は入院して夏に、秋にはさらに父が、心筋梗塞《こうそく》で亡くなった。妙が家へ戻ってからは、排水口に絡《から》まった毛は、毎日、丹念《たんねん》にガムテープで取り除いている。たまに鼻につくどぶっぽい臭いが気になりつつ、蓋《ふた》は外してみたことがなかった。向う側の闇は意識しないようにしていた。

逆流するようになったのは、自分のせいではないと言いたかった。二度と呼ぶことのない相手にそこまで口にする必要はなかった。

じゃ、始めますね、そう言うと便利屋は張り切って車へ戻り、ゴム製のお椀形《わんがた》のものが棒のさきに嵌《はま》った用具やバケツを抱えてくる。妙は、お願いします、呟《つぶや》くと自室へあがり、東京から来た男に貰った紙袋から、初めて中身を取り出した。

熨斗紙《のし》が巻かれている。

〈御挨拶　本間《ほんま》〉

若草色の包装紙をひらいたら、黒くて稲妻っぽい模様で飾られた四角い缶があらわれた。プラスチックの緩衝材《かんしょうざい》と薄紙をめくった。海苔《のり》巻きにおかき、黒胡麻《くろごま》入り、白ざらめをまぶしたものなど沢山のお煎餅《せんべい》が小分けされ、ちっちゃな乾燥剤とともに詰まっている。

便利屋の男の排水口掃除の進み具合が気になり、何度か、マスクのなかで息をのみ足音が立たないよう階段を途中まで降りた。ずるり、ずるり、絡まる家族全員の髪や陰毛、洗い流された垢が原因のへどろが吸いあげられては、すぽッ、ヒッ、トが打たれたような痛快さをおぼえる音が響いてぬける。

男は、ときどき、ひゅっ、ひゅっ、ひゅーん、と軍靴を踏み鳴らすようなリズムの勇ましい口笛を吹いていた。妙は、今日の客は、まったく、独り暮らしの女らしいのに、こういう、もっとも忘れがちだからこそ清潔さを問われる場所の掃除を怠《おこた》って、だらしない、と軽蔑しているだろうと思い、自室へ戻った。

机に置いた煎餅を見おろしていたら、終わりましたよ、清々《すがすが》しい声に背すじがびくんとふるえた。スリッパの音を響かせ階段を降り、浴室をのぞきこんだ。汗をかいた男のマスクは灰色から黒へ湿っていた。妙に向って頷《うなず》きかけると、磨きあげた排水口へシャワーを向ける。

ふたりはだまって、淡い青のタイルのうえに川を作り向う側の闇へ吸いこまれてゆく水の流れを見つめた。嵐の始まりの雨のようなシャワー音のうえで呼吸がたびたび重なりあうのが互いにマスクをしていても聞き取れ、妙はそのことが気恥ずかしくこちらはろくに体を動かしていないのに汗ばんでくるのを感じた。逆流は起こらなくなった。

「貰い物なんですが持って行ってくれます」

会計の際、妙は、封筒に納めた謝礼につづけて紙袋を男へ差し出した。男は札を数え、作業着のズボンのポケットにしまい、袋をのぞきこむ。いいんですか、掠《かす》れ声で呟き、袋からお煎餅の缶を出した。紙袋は足もとの玄関マットに置いて蓋も外した。

あっけにとられ、居間のドアまで身を引くと、男は緩衝材と薄紙も払いのけ缶を抱え、マットに座りこんだ。手のひらほどある厚ぼったい海苔巻きの袋を引きちぎり、マスクを顎《あご》まで下げ勢いよくがぶりつく。すでに湿気《しけ》りだしていて快く嚙《か》み砕けなくて粘りけのある音を立て半びらきのくちびるからかけらをはみ出させ、宙へ視線を泳がせた。

獣《けもの》じみた低い呻《うめ》き声が漏《も》れ、妙は、動けなくて眼を瞠《みは》り男のようすを見つめた。男は妙に見られているのを悟ると、頑丈そうな首を竦《すく》め玄関のほうを向いた。こちらに向けた背中を丸め立てつづけに咳《せき》をした。膝の下敷きになった紙袋を引っぱり出し、喉に詰まった海苔巻きを吐き出す。

「お水、お水」

妙は、いそいで台所でコップに水道水を注いできた。みじめに丸めた背をぴくつかせている男のうしろに置いてやり、再び、スリッパで廊下をすべり居間のドアまで後じさる。

男は、ありがとうございます、切れ切れに呟き水を飲んだ。もう一杯、注いできてやった。飲み干すとマスクを引きあげ、すみません、すみません、恐縮しきってくり返し、汚れた紙袋を外へ運び引き返してきた。

「おといから、なにも食べてなくて。いきなり煎餅は、やばかったですね。このお金でなにか買って帰ります」

そうしてください、と妙は居間のドアに背を貼りつかせ、呟いた。スリッパを履いたままつまさきだちになりかかっていると、男は、お煎餅の缶を抱えもういちど頭を下げた。細い眼をしばたたきこちらを見つめた。

「葉書を見て、電話、くれたんですよね。遠いのに、なんで」

「はあ。ただ、なんとなく」

「ありがとうございました。それと……、東京から、下のクリーニング屋へ来たおじさん、病気じゃない変な死に方、したでしょう。お客さんも気をつけてください」

深々とお辞儀し出て行った。まもなく、車のエンジン音がちいさくなっていった。

そうかもしれないとは、うすうす、思っていた。

ちょうど一週間まえ、冬のさむさがぶり返し布団から出られずにいた正午ごろ、町のほうから、粉雪の舞っていそうな冷気を切り裂くサイレンが鋭さを増し響いてきてあのクリーニング店の辺りで止まった気がした。妙は、厭《いや》な予感がした。

そのまま、雨戸を閉め切り電気も点けず暗い部屋に伏せつづけた。

じっと耳を澄ませていると、空想もまざって、夕暮れどきまで、だれかがクリーニング店の錆《さ》びた鉄骨階段を軋《きし》ませ上り下りし、せわしなく出入りする気配が伝わった。

食料にも日用品にも余裕があり、その数日まえより、家からは一歩も出ないですごしていた。

きのうの午後、通りかかった青空クリーニングは、一階の店舗の硝子戸のまえに昔からある待合用の古ぼけた白いベンチが置かれ、立入禁止を示す看板もロープもなく、ただ、二階の住居のドアの郵便受けは青いテープで封じられていて、すっかり、本間《ほんま》さんが越してくるまえの状態に戻っていた。妙は、けっきょく、彼がここで暮らしていたほんの短いあいだ、出入りする彼の姿は見かけたことがなく、どこかですれちがったとしても彼だとはわからず、夜は出歩かないから窓に点《とも》る灯りも見たことはなかった。

「変な死に方、したでしょう」

妙は、テレビを点け好きでもないワイドショーをふたつ見て立ちあがった。家の窓をぜんぶあけ、便利屋のいた空間に消毒薬のスプレーを噴射《ふんしゃ》して回り、ノブを拭《ふ》いた。洗濯をすませると夕暮れになった。

冷凍ごはんの量が少なめで夜は梅茶漬けにした。あとは、蒸した人参、大根、里芋に手作りの味噌《みそ》をつけて食べた。茶漬けをすするとき、おとといから絶食していたなら、こういうもののほうが消化しやすかったろうと脳裏をよぎった。もちろん、早く帰ってほしいとしか考えられなかった。

青空クリーニングの事件について、忍《しのぶ》は昨夜、県内のうわさ話が書き込まれる匿名掲示板で知り、晒《さら》されている住所が、翌日に風呂場の排水口の掃除をしに訪ねる予定の家の近くなのに気づいた。排水口の汚れは大したことがなかった。時間がふんだんにあるため、わざとのんびり作業した。

謝礼といっしょに銀座の煎餅の詰め合わせを寄越してきた女は、自分で縫《ぬ》ったような梅の花柄の布マスクをしていた。レンズの厚い眼鏡をかけ、ずっと陽に当たっていなそうになま白い肌は紙粘土人形めいていた。

〈世田谷区出身の本間秀樹《ひでき》さん（六九）〉

死因は首吊《くびつ》りとも、煉炭《れんたん》、風呂のなかで手首を切っていたとも情報が飛び交い、来るのがわるい、とみんなになじられていた男は、忍が以前、働いていた清掃会社で世話になった上司と同姓同名だった。上司は足立区出身だったが齢《とし》も同じくらい。

元薬剤師。結婚しておらず身寄りもなく、東北地方が好きで、長年、旅行で通っていた人らしいとは地元紙のニュースサイトで読んだ。念願の移住のタイミングが、たまたま、東京での新型肺炎の感染者増加時期と重なった。全国に広がり有名人の死者も出始めているものの、こちらの県内ではいまだに陽性者は出ていない。借りる契約をしていたマンションの住民会議で、東京から来たのならウイルスの潜伏期間がすぎるまで入居は控えるよう決議され廃屋同然の仮住まいへ移され、何が引き金になったのやらそこで亡くなった。

県内の居酒屋などで友だちができたこともあり移住さきを決めたらしいのに、友だちも助けにはなれなかったのだろう。

夜じゅう、もっと詳しい情報を検索するごとに、町役場もマンションの住民側を後押ししたと書いている人がいて、本間さんは、町の人たちに殺されたみたいだという思いが強まった。今日の客も、じつはひそかに寄ってたかって追いやった側のひとりなのかもしれなくて、事件をどう捉えているのか気になった。

「お風呂場の……、詰まってしまって」

あの女の丁重な口ぶりで用件と住所を告げる伝言を初めて再生したとき、なぜ、車で三十分も離れた町から依頼するのか首を傾《かし》げた。宣伝したのは自分なのに。折り返すと留守電で、訪問できる日を伝えたら、翌日の未明に、じゃあその日で、と返事が入っていた。

昨年夏、家賃の滞納が原因で東京のアパートを追われ、十九歳で出た実家へ十三年ぶりに戻って以来、忍は、母屋の裏にある蔵を自室として宛《あて》がわれている。電気も水道も通っていない物置。離れにあった自室は、いまは、家の主である兄夫婦の長男が使っている。

兄の車を駐車場へ返し、鍵は消毒してから母屋の居間の棚にしまった。台所でお米を研《と》いでいる義姉は手をしゃかしゃか動かしうつむいて口を噤《つぐ》み、おかえりなさい、とも、どこへ行ってきたのかとも言わない。忍も、ただいま、とさえ発しない。

川まで日課のジョギングをするあいだ、だれともすれちがわなかった。土手を降りると、水ぎわすれすれにぽつんとある、白茶けた木製のベンチに座り携帯をいじった。夕暮れまえに忍は家へ戻り、家族のだれよりも早く離れの風呂場でシャワーを浴び部屋着の霜降《しもふ》りのスウェット上下に着がえた。同時に、今日着ていたものはおとといから溜《た》めていたぶんと合わせ脱衣所の洗濯機にかけ、洗いあがると乾燥機へ放り込む。

風呂場、脱衣所、トイレ、他の人と共有するスペースを使ったあとは、つねに、体毛一本残らないように掃除する。

家を出てから、ずっと、仙台、福島、東京と肉体労働の仕事を転々としてきた。二十九歳のとき、SNSを通じ知りあってつきあい始めた女の子の勤めさきは青山のギャラリーで、同居を考えかける頃、展示予定の彫刻がなくなる事件があった。ポーランドの知る人ぞ知る芸術家が独裁者をテーマに作った、手のひらに載る小さな鉄の像だったらしい。

「どうしよう、わたしの責任……。呪われそうな気味悪い像で、あんなのプレゼントされたって投げ捨てるくらいなのに。賠償しなきゃならないんだ。夜の仕事やって返すから、二百万、貸してくれない?」

忍は、やばい人の車を傷つけた、と嘘《うそ》をつき兄から借金した。彼女は、お金を融通したとたん、行方をくらました。アパートは引越し、ざっくりとだけ立地を説明されたことのあった勤めさきを訪ねてみると、そこは歯科医院だった。

騙《だま》すかたちになった兄には頭があがらず、こちらへ身を寄せるのにあたってこまかく決められた規則にはなんの不平も唱えず従っている。洗濯物は完全に別にしてくれ、というのは義姉の要望であるらしい。

仕事帰りに買った塩鯖《しおさば》弁当を、母屋の台所のレンジで温める。義姉はこちらを無視したまま味噌汁の味噌を溶き、居間でゲームに夢中の甥《おい》ふたりと姪《めい》も忍が入ってきてもふり返りもしない。熱々になった弁当を両手で持ちサンダルを突っかけ蔵へ走った。

がたつく扉をあけると、蔵のなかは真暗く懐中電灯を点けた。使われなくなったつづらに籠《かご》、桐簞笥《きりだんす》、壊れた柱時計、脚の折れた肘《ひじ》掛《か》け椅子やブラウン管のテレビなどがひしめく土間に四畳ほどの空間をあけマットレスを敷いて凌《しの》いでいる。あぐらをかき、傍《かたわ》らに置いた懐中電灯で手もとを照らし弁当を平らげ、ペットボトルのコーラを飲んだ。酒はいけたら身を持ち崩しそうで、受けつけない体質でよかったと思っている。割箸《わりばし》と空になった容器は離れの洗面所で洗い、みんなが寝しずまった夜更けに台所のごみ箱へ捨てた。

今日貰った謝礼でしばらくは兄に食費の無心をしないですむ。

裏庭の水道で歯を磨いた。草むらに水を吐き捨てブラシもすすぐと、蔵へ戻り、布団に入り懐中電灯を消した。天井を仰ぐと闇は押しつぶされそうに深く、背中から冷える。睡眠中に震度五か六の地震が起きたらかなりの確率で、頭側の箪笥が倒れ圧死しそうで、落ち着かなくなり起きあがって体の位置を逆にする。足側が箪笥になると、こんどは、下半身が下敷きになる予感におそわれ、再び起きて体を丸め横たわる。

どう寝ても箪笥からは逃れられなそうで、ひとりでどかす気力もなかった。あきらめていつものとおり頭側にして寝た。

「ねぇ、……あの人」

五月の連休が近づき桜が満開になったある日、妙が、駅の向うにある薬王堂《やくおうどう》へ入ると、眼鼻立ちにおぼえのある老婦人がふたり、ひそひそ話をしていた。臙脂《えんじ》のパーカを着ているのは、商店街の近くの古いマンション、ローデンハイムの住人だ。ローデンハイムには一階に福祉《ふくし》カフェがあり、妙は、上京するまえは休日にスコーンと紅茶のセットを目当てに通っていて、たまに居合わせた。帰郷してからは、いちども足を踏み入れていない。

いま、十年以上ぶりで顔を見た。互いに齢を取った。

芥《からし》色のショールを巻いた山田《やまだ》さんは、青空クリーニングと郵便局のあいだにある家に住んでいる。帰郷後に姿を見るのは、やはり初めて。腰は曲がったものの元気にみえる。

町の人たちにとっては、真偽とりまぜたうわさ話が娯楽のひとつみたいなものだ。妙が中学校の教員をしていた頃、あなたの担任するクラスは荒れている、だなんて山田さんがお友だちと話題にしてたそうよ、ほんとなの、と又聞きした母に腫《は》れものにさわるように訊《き》かれたことがあった。勤めさきは隣りの市だったのに。山田さんは、親戚伝いに聞いたんですって、と知りたくもないのにつづけられ、勝手に、その他の陰口を想像した。無能な先生で、子どもたちを上手くまとめられないんだって。いい齢の女なんだから、永久就職を考えたらいいのにね。

いまも通っているかはわからないが、彼女らは、コミュニティセンターでおこなわれている絵手紙教室友だちなのは、昔、ここに住んでいた頃にカフェで耳にしたお喋《しゃべ》りから知っている。会釈《えしゃく》するか迷ってそしらぬふりを装い背中を向けると、小声が追ってきた。

あの人。ほら、クリーニングの。

空耳かもしれないし、別の人のうわさの最中だったかもしれない。つい、足を止めた。棒立ちになっているうちに、老婦人たちは手を振りあい、ばらばらの方向へカートを押し離れていった。

「……あの人が、親切にしてあげてたら、死なないですんだんじゃないの。せっかく東京からお取り寄せしたお煎餅を、ひと晩、ドアの外に出しっぱなしにしてたのよ。菌《きん》が付着してるかもしれないとはいえ、やりすぎでしょう」

「ご近所の独り身同士、仲良くすればよかったのにねぇ」

交わされていたかもしれない陰口を推測しながらトイレットペーパーや重曹《じゅうそう》をカートへ入れていった。父が亡くなってから、だれとも接することのない日々がつづき、ふとしたとき、頭のなかでのだれかとの会話をひとりで何役かこなし口にしている。

「お煎餅、工藤《くどう》さんのうちだけ、ごみに出てないみたいよ。ほら、お父さん、信金勤めだった。ひとり娘さんは……、問題を起こして、県内にいづらくなって。上京したけど、佳《よ》いお相手も見つからず、去年、出戻ったのよ」

呟いてから我に返り辺りを見回した。だれにも聞かれたようすはない。

〈御挨拶　本間〉

このあいだ、浴室の排水口を清掃しに訪れた男が、変な死に方、とぼやかしたせいで気になって眠れなくなる夜があった。親しく近所づきあいするのは、どだい、無理としても、せめて、いちどだけ訪ねてこられたときにドアをあけて愛想よい笑顔でも見せればよかっただろうか。はるばる、田舎へいらして、あちらは人の流れを止めるために外出自粛要請とやらが出されたそうですけど、こちらは大丈夫ですよ。なにせ、もとから過疎《かそ》で、いつでも人けがないんですから。なにかあれば助けあいましょう。

そんなふうに挨拶する自分の姿を空想した。東京から来た人。ありえなかった。

「へえ、世田谷にお住まいだったんですか。世田谷美術館なら、いちど、ボストン美術館展を見に行きました」

竹炭石鹸《せっけん》を手に取ろうとして予備があるのを思い出し止めて、再び辺りを見回す。打ち込みのリズムが神経に障《さわ》る店のテーマソングと特売品の情報を伝える店長のアナウンスの流れる、白っぽい灯りに照らされた空間で、どの地元民も距離を測りあい買いものをしている。上京まえから、いつでもそう。レジに行列ができる光景など見たことがない。

薬王堂の隣りの生協にも寄り、産直コーナーで人参や菜の花を選んだ。日に二回の食事は、なるべく、近場で採れたものを料理し摂《と》っている。出荷するまでに環境に負担のかかる牛肉は食べない。豚は脂が苦手で、鶏は、抗生物質を与えずに育てている牧場の、むね、だけ買う。同じ牧場の卵と合わせ親子丼にするのがいちばんの好物。

本間さんは、いったい、御挨拶の品を町のどの範囲の人たちへ配ったのだろう。ローデンハイムの婦人が、ありがた迷惑で、台所に立ち海苔巻きやおかきを燃えるごみ用の袋へ落としてゆく場面が浮ぶ。あるいは、すぐに捨てるのは気が引ける、という理由で各軒の片隅に紙包みや缶に入ったまま押し込められたお煎餅たちが暗闇で重なりあっているようすも閃《ひらめ》いた。助けて、と悲鳴が聞こえる。

「たす……、け、て」

妙は、再び唸《うな》り気味に呟き、お煎餅たちが粉々に割れる音が頭のなかいっぱいに響いた。視線を感じ、ふり返らないで店を出て、青い闇に浸された駐車場の車へ戻った。ラジオから流れるビッグバンドジャズを聴き、ろくに街灯のない住宅街へ向う。

青空クリーニングは、一階の硝子戸も二階の窓も生成《きな》りのカーテンで閉ざされている。ウェーブのかかった髪を真黒く染めた母親と半身麻痺《まひ》がある中年の息子がふたりで営んでいた。妙が帰郷した昨年春にはもうつぶれていて、母に訊いたら、生協に新しくチェーンのもっと割安のクリーニング店が入りお客を取られ、閉店する知らせが貼られ、母子は何も告げないでいなくなったそうだ。

連休が明けると、たまには車を使わず運動しようと郵便局まで歩いた。ＡＴＭから生活費を引きだし通帳記入した。健康を保っている限り、親の遺《のこ》した貯金には余裕がある。だれかのささやきを耳が拾った。

「……あの人……」

　ふり返ったらうしろに行列ができていて、みんなひとりずつ慎重に距離を置きならんでいる。気のせいだ。てきぱきと引きおろしたつもりがよそ眼にはのろかったかもしれない。外へ出ようとした。自動ドアの向うから、ローデンハイムに住む連休まえに薬王堂で居合わせたのとは別の婦人が歩いてくるのがみえた。風に吹かれ杖《つえ》をついている。

「ご近所同士、仲良くすればよかったのに」

　陰口が聞こえてくるようで踵《きびす》を返し、なんの用事もないフロアへ踏みこんだ。抹茶色の長椅子に座り番号を呼ばれるのを待つ十人ほどの地元民たちがいっせいに妙を見た。顔見知りや、知人かもしれないがマスクで判別できない人。どうしてそんなにじろじろ。若くもないのにねぇ。自分から陽気な声が出そうになってこらえ、うつむいてフロアを突っ切り裏口から外へ出る。

　顔をあげると桜の花びらが舞っていた。屋根の傾きそうな老舗《しにせ》旅館のある、がらんとした通りへ出た。水飴《みずあめ》を固めたような硝子の嵌った引き戸に、素泊り三千円、と毛筆で投げやりに書いた紙が貼られていた。近くのうどん屋も酒屋もスナックもシャッターが下りている。

天辺《てっぺん》に展望台のある山に見おろされた通りをぬけ角を曲がり、だれもいない住宅街へ踏みこむ。早足で歩くうち、家のある坂が近づく。青空クリーニングにさしかかると力がぬけて、待合用のベンチの埃《ほこり》をポケットティッシュで払ってひと休みした。本間さんがここに座ることもあっただろうか。居たたまれなくなり、立ちあがった。坂をのぼり帰宅すると電話機のファックスから大量の紙が吐きだされている。

〈不要不急どころか永久にストップすべき道路拡張工事計画で樹齢二五〇年の大《おお》銀杏《いちょう》を伐採《ばっさい》するのは止めてください〉〈長寿の銀杏を守れ。失ったら取り返しがつかない〉〈道路拡張するお金は即刻医療従事者に回してください〉〈税金の無駄遣いヤメロ〉

ボールペンや筆ペン、マジックで書き殴られたメッセージはすべて知らない番号から発信されていて、読み終わらないうちに甲高い機械音が鳴り新しいのが送られてくる。

〈みんなに愛される大銀杏より国民の血税で儲《もう》けるおまえらが斬り殺されて死

ね〉

残っていた感熱紙はぜんぶなくなった。

市内に思い当たる銀杏の巨木は生えていない。関わりのありそうな役所の部署の番号を電話帳で調べても家のものとは似ておらず、伐採を請け負うとされている業者の連絡さきがこの種の抗議を広めるのが好きな人たちのあいだで出回っていてそちらとまちがわれたのではないかと憶測を巡らせた。留守電のランプが赤く光っている。

「十九件、入っています」

ひとつも再生する気力は起きず、電話線を引っこ抜いた。この手のファックスを送るときは、番号ちがいの場合を想定し物言いに気をつけてほしい。

本間さんが自殺だとしたら、じかにはなにもしていないとはいえ最後に背中を押したのは自分かもしれなくて、その罰が当たっているのだろうか。わたしのせいじゃない。妙は、感熱紙に鋏《はさみ》を入れながら胸のうちで言い聞かせた。

〈おじさんの秘密を見つけました。ばらされたくなかったらおこづかい下さい。

瑠奈《るな》〉

六月初めのある夜、中二の姪から送られてきたメールには動画サイトへ飛ぶURLがくっついていた。いくらクリックしても忍の携帯ではひらけなかった。

〈あれ見た？　絶対おじさんだよね〉

無視していたら、翌日も翌々日も再送されてくる。返信せず放置した。瑠奈は、母屋や離れで居合わせることがあってもじかにはなにも訊いてこない。意識はしていて、忍の気配に気づくと、どこにいても熱心に指さきをすべらせているスマホから顔をあげる。こちらがそっぽを向くなり、手のひらほどの液晶の世界へ戻る。

気温があがってきてから、時折、下着がのぞきそうなショートパンツ姿でソファに寝そべりスマホをいじっている。鎖骨の浮びあがった首もとや退屈を持て余していそうに放り出された太ももに危うく惹《ひ》きつけられると、忍は冷や汗が滲《にじ》み見ないよう見ないよう自分に言い聞かせ、だまって脇をすぎる。

「ホォォォウゥゥゥ、……ホ、ケキョ」

瑠奈からさいしょの脅迫メールが届いた四日後の午後、忍は、春には声を耳にしなかった鶯《うぐいす》がけなげに歌っているのを川べりのベンチで聴いた。つがう相手が見つからなくて焦って探しているのかもしれず、背後から、脳天をふるわせる声が降ってくる。辺りにはだれもいなくて忍は煙草《たばこ》の火を消し土手の葉桜のほうをふり返ると、裏声を張りあげた。

「ホーオォォォ、ホケキョ」

「ホォーウゥウゥ、……ケ、チョ」

向うは一拍置き、用心するっぽくトーンを落とした声で返してくれる。調子に乗り口笛も試した。微《かす》かに波打ちながら宙を縫って消え入る掠れ具合を自分でもおどろくほど巧《たく》みに真似られて、向うはこんどは、本物の縄張り争い相手の出現に興奮したのか、ケキョケキョケキョケキョと連発し羽ばたきが響いた。忍は満足し再び川のほうを向いた。

「おじさんの友だち？」

女の声が聞こえ、顎まで下げていたマスクを引きあげふり向いた。瑠奈が岸辺の草を踏み歩いてくる。ボーダーTシャツにマスク、デニムのミニスカートを穿《は》き出っ張った膝小僧を剥《む》きだした姿で近寄り、正面から見つめふしぎそうにまばたきした。そんなわけないだろう。忍は、笑い飛ばしたくなるのをこらえ答えた。

「まぁ、そうだね。いま、どこにも遊びに行けないし仕事も途絶えてるから、ここで鳥でも相手にひまをつぶしてるのがいちばん金もかからなくて、いいよね」

「送ったの、見てくれてないの」

そっけなく、こちらへ突きだしてきたスマホには送信メールの文面が映っている。

「おれのじゃつなげないんだよ」

「国から十万円貰ったのに、買い換えないわけ？　わたしのはパパの口座に入ったから、そのまま奪われたけどさ」

「あんなの、滞納してた諸々《もろもろ》の支払いでもう消えたから。いま残ってるのは、来週までの食費だけ。だから、こづかいなんてあげられないんだ」

「嘘、消えたなんて。まぁ、この動画を見たら広められたくなくて払うことになるよ」

瑠奈はにやついて言い、川のほうを向き背を丸めスマホをいじる。忍も川へ向きなおった。黒や灰や赤茶のまだら模様の石たちが透けてみえる澄んだ水のなかを、小魚の群れがすぎ、カルガモのつがいがならんで泳いでくる。いっそ、自分も泳ぎ去ってしまいたいと思った。

「だれにでもばらせばいいよ、おれのわけないし」

肩をつつかれ、ふり返った。瑠奈はいつのまにか背後へ回りこんでいた。不敵にほほえみ、スマホを見せてきた。

黒いサングラスをかけ水泳帽を被り顎の張った男が、黒いビキニパンツ姿で曇り空の下の浜辺にあらわれた。日焼けした体に胸毛を茂らせている。もうひとり、同じ恰好《かっこう》をした痩せぎすの男も颯爽《さっそう》とあらわれ、おもむろに取っ組みあいレスリングを始めた。激しく息を吐き汗を流し砂にまみれてゆき、互いにパンツをぬがしあい全裸で抱きあった。

「これのどこがおれの秘密なの」

「ゲイの人向けエロ映画。おじさんの名前で検索したら、出てきた。太ってるほう、くちびるが似てるじゃない。東京にいた頃、こういう仕事で稼いでたんでしょ」

同姓同名らしい男は痩せたほうに組み伏せられ浜に這《は》いつくばり、呻き声を漏らし、画面は真暗になった。あ、充電切れ、と瑠奈は呟き、もういちど再生しようとして失敗し溜息をつき、スマホをポケットにしまった。

「機種替えたばかりなのに不良品かも。主演のクレジットを見せたかったんだけど」

「本名で出るような映画じゃないだろ。芸名だよ。それに、中二がそんなアダルトものを見てるのが親たちに知れたら、まず怒られるのはおまえだよ」

「ふーん。じゃあ、おじさんの過去も内緒にしておく」

だからおれじゃないよ、と言い返すのを遮《さえぎ》り瑠奈はこちらへ背を向けた。草むらを走りだし、土手の階段をのぼり、ポケットから再び出したスマホを首を傾げいじり歩き去った。忍はベンチに座りなおすと、はちみつ色の陽ざしを照り返しとろみを帯びてかがやき始めている川面を眺めた。もう一本、煙草をすった。

白さぎが羽ばたいてきた。向いの岸辺で気取った片足立ちで餌《えさ》を探す姿を見つめているうち、かつて、投げつけられた声が耳の底から渦を巻きこだまし始めた。

〈人殺し。人殺し。人殺し〉

おととしの暮れ、正社員として入った警備会社の仕事で沖縄へ派遣され、米軍基地の工事に抗議する人たちを見張りに行ったとき、血走った眼をして因縁をつけてくる厚化粧の女がいた。ピンクのつなぎ姿で呂律《ろれつ》の回らないお経めいた文句を唱え、油っぽい口紅を塗ったくちびるを尖《とが》らせ奇声を発する。こちらへ殴りかかりブーツで蹴りを入れようとしてはうしろから仲間に押さえられ、引っ込んだ。おとなしくなったと思いきや、懲《こ》りずに、薄紫のアイシャドウで縁取った眼を剝《む》き躍《おど》りかかる。

山のなかの国道で抗議者と警備員が揉《も》みあいになり、出ていけ、暴力は止めろ、怒号が響いた。みなさん、車の交通の妨げになる行為はただちに止め引き下がってください。みなさんは迷惑になっています。偉い人がメガホンで叫んでいた。人数の多さで圧倒するために動員された下っ端のひとりにすぎない忍へ向ってぐいと迫ってきた厚化粧の女はロングヘアをふり乱し、ポケットから剃刀《かみそり》にみえるものを取り出してみせた。忍は剃刀を叩き落し、バランスを崩した女を支えようとした。女は腰に腕を回され何か勘違いしたらしくもがき、忍は、サングラスに女の手が当たってずれ、眼に爪が入りそうになり必死で瞑《つぶ》った。押し返そうとして腹の辺りを突いた。

次の瞬間、向うは大袈裟《おおげさ》に両腕を広げ体が傾いだ。見ひらいた茶色がかった瞳に忍の姿がちいさく閉じこめられていた。アスファルトに引っくり返り倒れ、ごん、鈍い音が聞こえた。

「死ぬじゃないか。人殺し」

周りから声が飛び、女はすぐさま囲まれ姿が隠れた。垣間《かいま》見ると、眉間《みけん》にしわを寄せまばたきしているものの落ち着いていた。だれかが救急車を呼ぼうとしたら、ううん、頭はだいじょうぶ、と止めるのが聞こえたと思う。眼が合った。くちびるを噛みしめ睨《にら》んできて、再び、忍に向って別の女たちの声が刺さった。

「非力な女を痛めつけるのに腕力ふるって、お母さんに恥ずかしくないのか」

「ヤマトから来てるんだろう。こんな仕事は辞めて、ヤマトへ帰りなさい」

厚化粧の女は眼を瞑った。そのまま、機動隊員たちにされるみたいに仲間たちに両手足を持ちあげられ、かるがる、水面から跳びはねたジュゴンの絵を描いたのや闘争何日目とか真赤な字でアピールした看板に囲まれた、道の向うのテントへ運ばれた。危なかったのはこちらだ。忍は、汗ばみながら剃刀のひかった光景をまならうによみがえらせては、自分はなにもわるくない、と言い聞かせた。

じっさい、酔っ払って空き缶で警備員を殴ったとか、いままでに暴行容疑で逮捕されたのは抗議者ばかりだと先輩に教わった。何千、何万と再生されている証拠動画のまとめも見せてもらった。東京へ帰ったあと、何日かは、もしや裁判になるんじゃないかと女の頭の打ちどころが気にかかっていた。会社からも警察からも呼びだしを喰《く》らうことはなく、いつのまにか忘れた。会社は半年もしないで辞めた。

〈人殺し。人殺し〉

忍は、ひさしぶりによみがえった声から逃れようと、左手でライターを探りだし火を点けた。揺らいで燃えあがった炎を、あのとき、女の温かい腹の肉にめりこませた右の拳骨《げんこつ》の脇に押しつけた。痛みにかき消されるように声がしなくなるまで数秒炙《あぶ》り、つつッ、呟きを漏らし火を消し、冷たい川の水に患部を浸す。平静を取り戻した。

翌週、瑠奈から新しいメールが送られてきた。

〈もうひとつ、おじさんの出演作を見つけたよ。こんどは受けじゃなく攻め役。以下、〉

〈どうしても五万円ほしいです。友だちの犬が腫瘍《しゅよう》で治療代が足りなくて。その子の家は居酒屋だから、いま、お客さんが来なくてつぶれそうで、このままだと死ぬ〉

白黒のまだら模様のフレンチブルドッグが途方に暮れたふうに瞳を潤《うる》ませ、うずくまっている写真が添付されていて、そちらは見ることができた。胡散臭《うさんくさ》くて、ひとり蔵の布団で腸が捻《ねじ》れそうに笑いころげた。そのあとも、忍の出演作とやらと犬の容態を写真つきで知らせるメール攻勢はつづいた。毎回、勉強しろよ、とだけ返した。

可愛い姪に相手をしてもらえていい気分になると、人殺し、の声に引きずりおろされるみたいに苛立《いらだ》つことが増えた。火傷《やけど》すると、いっとき、厚化粧の女の倒れるまぎわの、まさか、と言いたげにうろたえていた瞳と重たい音を忘れられる。癖《くせ》になっていった。

「いまから、よかったら、来て頂けませんか。うちの外の不審者を追い払ってもらいたいんです……。遅いけど、来てくれたら、謝礼は奮発します」

六月半ば、肌ざむかった春の日に排水口の掃除を頼んできた客から張り詰めた声で電話が入ったのは、雨の降りしきる夜だった。十一時をすぎていた。

本間さんが御挨拶を持ってきて二ヶ月経《た》った頃だろうか。妙が、早朝に燃えるごみを出しにゆくと道ばたに疣《いぼ》だらけの真紅の蛇苺《へびいちご》が実っていた。そこらじゅうにひょろひょろと咲き乱れている白や薄桃のハルジョオンといっしょに摘んで帰って玄関の靴箱に飾った。

その午後、家の階段を雑巾がけしている最中に電話が鳴り、出ないでいたら留守録に伝言が吹きこまれ始めた。

「工藤、妙、先生は、いらっしゃいますか……」

いちどだけインターホン越しに聞いた本間さんのしゃがれ声と似ていた。無視して掃除に集中し、一階のトイレ、洗面所、風呂場まできれいにしてから麦茶を飲んでひと息つき、伝言を再生した。

「わたし、及川《おいかわ》、陸《りく》、の、父親です。おぼえてらっしゃいます、よね?」

忘れてはいない。麦茶をお替りし、おやつ用に常備している黒砂糖を舐《な》めた。塩気のあるものも欲しくなり煮干しも齧《かじ》った。

「どうしても、お話ししたいことがありまして。家にいるなら、来週、じかに。……あの、里帰り、なさったんですよね。先生を辞めたあと、上京し別の仕事に就いて。最後に借りていた埼玉県の朝霞《あさか》のアパートの取り壊しが決まって。……不動産屋から貰った立ち退《の》き料で、こちらへ帰った、という情報を得ましたが」

当たっていた。上京したとはいえ、九年間、都内では暮したことがなかった。神奈川、千葉、埼玉と郊外を引越していた。

きのうは、家のまえの坂をずっとずっとのぼって、ごくたまに出没する熊への注意を呼びかける看板のある雑木林の奥へ入りこみ、焼酎に漬けて痒《かゆ》み止めの薬や化粧水を作るためのドクダミの花をめいっぱい摘んだ。四十代に入ってから原因不明の痒みに悩まされ、市販薬をずいぶん試し皮膚科にも通った。こちらへ戻ってから母の勧めでドクダミチンキをつけるようになったらいちばん効いた。

摘むあいだは行きも帰りもだれとも出くわさず、車も見かけなかった。マスクはずっとしたままだった。

「いたずらじゃありませんよ。ではまた」

伝言は、わざとらしく咳《せ》き込んで切れた。

妙は、駅の向うへの買出しは週二から一回へ減らすことにした。要るものはあらかじめメモ用紙に箇条書きし、無駄なく売り場を回る。ますます、家にこもる時間が増え、買ってきたものの消毒にも力を入れた。卵は表面をひとつずつ除菌ティッシュで拭き、野菜も果物も、いったん消毒液に漬けてから拭いて定位置に納める。

雨戸を閉め、一日じゅう、夜のようにした部屋で夏掛けにくるまる日も増えた。なにも食べないで寝ていたら、熱っぽくなってきた。こわごわ測ると三十六度四分。自分の体の感覚を自分で摑《つか》めなくなっているのを突きつけられた。健康なのにたまに寝たきりになるのはレストランやデパートでお金を浪費するより贅沢《ぜいたく》をしている錯覚がする。

「こんばんは。及川、陸、の父親です。……工藤、妙、先生。どうか、いちど、対面してお話しさせて頂けませんでしょうか」

水を飲みに居間へ降りようとすると、再び、電話が鳴って伝言が吹きこまれ始めた。このあいだより衰えたしゃがれ声。

「すい、ぞう、癌《がん》、を患っていますが、いま、一時退院しています。こちらは、先生が最後の最後に、陸、を海の底へ追い詰めた証拠を、十年、かかって摑みました。十年。十年、ですよ。そのうえ、……陸、が亡くなった当時より、考えられないくらいインターネットが発達したおかげで、証言を集める呼びかけが成功しました」

妙は居間へ入ると伝言に耳を澄ませ電話機に背を向け、食器棚のまえにしゃがんだ。下の扉をあける。非常食が納まった薄暗がりの奥へ腕を伸ばし、だいすきな先生、と黒いサインペンで書かれた封筒を引き寄せる。中身はそのままなのをたしかめ元へ戻した。

「十年、……時効、ですけど、とにかくいちど、会ってください。先生の家の事情も、多少、調べさせてもらいました。いま、ひとりだけつながりがあるのは、お父さんの妹さんですね。茨城県の水戸で、旦那さんに先立たれお子さんたちは巣立って、介護職員をしている。先生とは、お兄さんのお葬式以来、会っていないと」

両親には、かつて自分のしでかしたあやまちについては打ち明けなかった。できるわけがない。知っているのは、自分とあの子だけだ。食器棚にある証拠は、昨年まではつねに着ている服のポケットに入れたりバッグに忍ばせたりして肌身はなさず持ち歩いていた。そのあとは、二階の部屋の押入れや机の抽斗《ひきだし》にしまっていた時期もあるが、いまは、ここに隠しておくのがいちばん精神によい。

父親、と名乗る男は、嘘をついてお金でも騙し取ろうとしているのだと自分に言い聞かせた。夕飯のお粥《かゆ》と蒸し野菜を支度《したく》している最中、こんどは水戸の叔母から電話があった。

「もしもし？　妙ちゃん、さっき、妙ちゃんのむかしの教え子のお父さんだと名乗る人から、妙ちゃんはいまどこにいるのか問い合わせる電話があったけど。そっちにも、かかってきた？」

台所に立ったまま、伝言を聞いた。

「怪しい感じだったから、音信が途絶えてますので、って誤魔化しておいたよ。これから夜勤だから、留守電に返事を頂戴《ちょうだい》。じゃあね。いま、会うのはむずかしいけど、互いに元気で」

食べ終わって食器まで片づけてから折り返した。

「妙です。怪しい電話？　こっちには、とくにないよ。わたしは今月から、外出は毎週火曜のみ、生協と薬王堂にぱっと寄ってぱぱっと帰るだけ。もともと、人と会わないんだから、世界一くらい安全な暮し。……叔母さんは、お仕事、気をつけて。尊敬してます」

テレビを点けると、北海道の海に暮すラッコの親子の四季を追う番組をやっている。荒波に揉まれ背泳ぎし、帆立《ほたて》に雲丹《うに》、ホッキ貝の殻を器用に割って餌にしている。

見終わると二階へあがり布団に入った。うつらうつらするうち雨音が大きくなり、音に紛れ、青空クリーニングのほうからだれかの足音が近づく。足音は坂道をのぼり、門のまえで止んでインターホンが鳴った。妙は、暗やみに包まれ息を殺し伏せたままでいた。インターホンは、三回、鳴り渡り、髪の毛のごわつきが気になりつむじをいじりながら居留守をつづけていると、ルルル、下の電話が鳴りだす。

留守録に替わった。床越しには吹きこまれる伝言の内容がわからない。

「午後、十時、二十八分。メッセージを受け取りました」

妙は、文字盤が蛍光緑に浮びあがった目覚ましを横目にそう呟き、天井を仰いだ。門のまえで佇《たたず》むだれかのすすり泣きを耳が捉えた。舗道を伝い近くの側溝へ流れこむ水の音を聴きまちがえただけかもしれない。

寝返りを打った。こつ、こつ、ドアをノックする音が、一階の廊下の空気を渡り階段を浸す闇を這いあがり、蕎麦殻《そばがら》の詰まった枕もとまで伝わった。カーテンのほうを向くと、雨戸に小石らしきものがぶつかり内側の引き戸がふるえる。警察に通報しようか考え、以前にもこんなことが起きてパトカーが駆けつけたところでだれもいなくて、気安く呼ばないよう厳重注意されたのを思い出した。空耳。あるいは、東京から来た本間さんの、お煎餅を邪慳《じやけん》にしたのを恨みながら死んだ幽霊。銀座の名店からこだわりの品を取り寄せるなんて、見栄っ張りで、気位が高かったのかもしれない。成仏を祈っていると、また窓から硬い音が響く。

起きあがって眼鏡をかけた。廊下へ出て階段の灯りを点けようとして、玄関のドアに嵌った曇り硝子から光が洩れるのを避け、暗いまま、手すりを探り当て忍び足で降りた。居間へすべりこみ跪《ひざまず》いて懐中電灯を点け、他に頼れる人をだれも思いつかず、春に排水口を清掃してくれた男の葉書を探した。

こうなるときがくるかもしれない予感がしていて、捨てずに取っておいた。赤いランプを無視し電話をかけた。

「はい？」

あくびを嚙み殺した声が返ってきた。

「うちの外の不審者を追い払ってもらいたいんです。腕っぷしの強そうなふりをして、夫、とか、旦那、ではなくて、甥、だとか、嘘をついて、家に入ってきてほしいんですけど」

「はあ。……お、い？　甥ごさんのふりをしろと？」

「遅いけど、来てくれたら、謝礼は奮発します。いま、とても、とても怖いから、早く」

「あと、なにか、甘いものを買ってきてもらえますかね。消化によさそうなものを」

忍が、どんなのですか、と訊くと向うは引きつった口ぶりのまま答えた。

「いえ、やっぱりいいです」

家族はみんな寝ている。戸締りする習慣のない母屋へ忍び足であがりこみ、いざ呼ばれていって揉めごとに巻き込まれたら次こそだれかを死ぬ眼に遭わせるんじゃないかと背すじが冷えた。自分には、頭に血がのぼると我を忘れるところがある。

仕事をことわるわけにもゆかず、しゃがんで台所の冷蔵庫をあけ、牛乳プリンをリュックに入れた。兄は車を二台所有しているが、ふだん、忍に乗るのを許しているほうは車検に出していて使えない。終電がぎりぎりある時刻で、蔵へ戻り雨合羽《あまがっぱ》の上下を着こむとフードを被り外へ駆け出した。

駐車場の隅に寄せたギアつき自転車に跨《また》がる。家のまえの通りを横切り土手へ出ると、水かさの増した川は闇に溶けて見えず、ごうごうと流れゆく音だけが響いている。下流のほうにある駅へ向い一心に漕《こ》いだ。角を曲がりお稲荷《いなり》のまえをすぎると舗道の両側には田んぼが広がり、夜更かし中の人のいる家が増えてきた。忍が東京にいたあいだに新しく建った、炉端《ろばたや》焼き屋やスペイン風バルを併設した産直のまえをすぎる。冬いっぱいはここの青果売り場でバイトしていた。レジの売上が足りなくなるたびにこそ泥の疑いをかけられるようになって、辞めた。電車にまにあった。

全身から雫《しずく》を滴《したた》らせ、湿ったマスクをつけて二両編成の各停に乗る。乗客は忍だけだ。ドアのまえに立つと住宅街はたちまち流れ去った。線路の向うにどこまでもつづいてみえる、空との境界が失せたまっ暗な田んぼのうえに、土気色のむくんだ顔が映る。リュックから色つき眼鏡を出してかけた。びしょ濡れにするのもかまわずシートに座った。

リュックを膝に抱え、うつむく。雨音はひと駅ごとに低まってゆくのがわかった。無人駅がつづき、新たに乗ってくる客もいない。

ふと、ジーンズのポケットに突っ込んでいた、女の住所を書いたメモを取り出し、乗降ドアのうえの路線図を見あげた。最寄りは次の駅のようにかんちがいしていたが乗り換えないといけないのに気づいた。

切符を車掌に渡し肩を縮めホームへ降りた。乗り継ぎたかった線は予想通り終わっていて、灯りを消された待合室をぬけ携帯を取り出す。五分まえに伝言が入っている。

「あ……、あ、いま、車で向ってるんですよね？　お待ちしてます」

向うはこちらの到着が遅いので不安に陥っている。思いきってタクシーに乗った。いまどき、カーナビがついていない。女の住所を告げても、運転手は自信がなさそうにごまかし笑いをするばかりで、ひとまず駅へ向い走ってもらった。

「ええと、展望台のある山のほうへ」

憶《おぼ》えのある通りまで来て指示を出し、タクシーは銀行に郵便局、水槽を思わせる薄青い灯りが玄関を照らす旅館のまえをすぎて角を曲がり、さらに飛ばし、あのクリーニング店にさしかかった。待合用らしいベンチは、闇のなかで発光するみたいに白く浮びあがってみえた。

そこからさきは、通りかかるどの家も暗くしんとしていて、住人たちは眠ったまま死んでいるのではないかという空想におそわれる。手前で停まってもらった女の家も、雨戸を閉め切り常夜灯は消えていた。車を降りると雨は止み、土とあおあおした樹々のにおいが混じりあって立ちこめている。駅へ引き返すタクシーを見送った。坂のずっとうえから、時鳥《ほととぎす》の調子外れの鳴き声が星のない空へ駆けあがった。

身構えてみたものの、門のまえにはだれもいない。懐中電灯の代りに携帯をかざし、家の周りを一周した。工藤、という苗字だけが記された表札と郵便受けをたしかめ、女の番号に電話する。留守録に替わっても自分の声を聞いているはずだ。

「便利屋です。不審者はいませんが、もうしばらく見廻《みまわ》りします」

マスクを外して深呼吸し、女の家を背に、うえへうえへ急になってゆく坂道をのぼった。風に揺れる葉むらからぬるい雫を降り落す林に挟まれながら、立入禁止のテープを張り巡らされた廃屋や、丈の高くなった草木におおわれた空き家がつづく。灯りの洩《も》れる家が一軒だけあった。たまに立つ街灯はふたつにひとつが故障か寿命で消えていた。

〈展望台まであと二キロ〉〈ツキノワグマに注意〉

喉が渇いてしかたなくなる頃、そんな看板を見つけた。飲みものは持ってこなかった。忍は、辺りを見回しもういいだろうと判断し、女の家へ向い坂道を駆け降りた。

「ぶぶっ、と早押ししたあと、十秒置いて、もう一回、ぶぅーっと、長めに押してください。くり返しますが」

携帯の留守電に指定したとおりの鳴りかたでインターホンが響く。一階の居間の隣室の仏間にこもり、使い古したハンカチでマスクを縫っていた妙は、痺《しび》れた足をさすり立ちあがって応じた。

「便利屋です」

男の名乗る声が聞こえ、玄関のドアをあける。闇のなかに、ぬぅっ、と立った男は野球帽を被り、全身、迷彩柄の雨合羽で包んだ完全防備の姿だった。眼鏡の向うから憔悴《しょうすい》したような一重の眼で見据《みす》えてくる。

妙は、仕草で家の中へ入るよう促した。男は後ろ手でドアを閉め踏みこんできた。

「今夜は……、タクシーで来ましたか」

「車を車検に出してて。三駅向うから」

「それじゃ、高くついたでしょう。わざわざ来てもらったのに何ともなくて、すみません」

「いえ、無事でよかったです」

「これ、お礼」

いったい、帰りはどうするのだろうと引っかかりながらなにも言えず、靴箱の封筒へ手を伸ばす。玄関マットから身を乗りだし男に渡そうとして、おずおず差しだされたもっさりと肉の厚い左手の親指、中指、薬指に縁の黒くなった絆創膏《ばんそうこう》が巻かれているのに気づいた。甲の真ん中には楕円形の水ぶくれが桜貝を思わせる色あいとつややかさをして盛りあがっている。

「怪我《けが》？　火傷？」

「はは、きのう、うちで茶を淹《い》れようとして。ちょっと」

男は三十代初めにみえる。それくらいの若い人は、温かいお茶などペットボトルで買うのが普通そうなのに意外だ。牛めいた図体をしてガスコンロのまえに立ち薬缶《やかん》で湯を沸かすうしろ姿を思い浮べた。

「手もとが狂って。でも、仕事はこなせますよ。あと、これ、欲しがってた甘いもの」

リュックから、幼い子がクレヨンで描いたような赤いお日さまの絵のついた牛乳プリンを取りだす。右手も絆創膏だらけで親指のものはふやけて剝《は》がれかけ、膿《うみ》の溜まったぶよぶよが見え隠れしていた。

「やっぱりいい、って言いましたけど」

「でも、持ってきたんで」

水滴のついた白い容器を痛々しい手から受け取った。上京し、霞が関の庁舎や新宿の生命保険会社、日本橋の商社などで、データを作成し苦情の電話を受けたり、正社員から頼まれた雑用をなんでもこなす派遣事務の仕事をどれも長続きせず暮していた頃、帰り道に買うことがあった。ありがとう、と呟いた。

「じゃ、本日はこれで」

「待って。火傷に効く絆創膏をあげる。うちに予備があるから」

居間へ戻り薬箱をあけると見当たらなくて探すのに手間取った。男は、玄関のドアのまえでうつむき立っていた。二階へあがると自室の机のうえに先日買った箱があった。階段を途中まで降りると、気配を察し野球帽の庇《ひさし》に片手をやりこちらを見あげた男と視線が合って頷きかけ、箱を放り投げると受け止めてくれる。

「キズ、パワー、パッド？」

「古いのを剥がして、傷を水洗いしたらきれいに拭いて貼り替えて。早く治ります」

「ありがとうございます。あの、トイレ借りていいですか。今夜はこれから、漫喫に泊りますけど、歩いて行く途中、ないかもしれないんで」

漫画喫茶なんてこの付近にあっただろうか。見かけた憶えはない。あっても、街なかとちがい深夜はやっていないんじゃないだろうか。訊かれたことにだけ答えた。

「引き戸から入って左」

指さしてやると、男は、失礼します、と呟いて泥汚れのこびりついたスニーカーをぬぎ散らかし、廊下へあがる。妙は、犯される、と脳裏をよぎって呼吸が止まり、階段を飛ばしてのぼって部屋へすべりこみドアを閉めた。鍵もかける。おもちゃのような鍵で、大の男にノブを外から回されたら簡単に外れるのはわかっている。

水を流す音はなかなか響かない。いざとなったら自分で身を守ろうと抽斗から出したカッターナイフを握りしめ、階下の気配に耳を澄ませた。刃が錆びていないのをたしかめようと、切れるかどうか試しに左手の親指の腹に当て、すぅっと引いてみた。

痛みもなく、ひとすじ、苺果汁のような血が滲んでティッシュペーパーで押さえた。思いのほか深く切れていて、ティッシュは瞬時に真紅に染まった。壁時計を見あげ一秒ずつ数え、部屋のなかを歩き回りながら、さらに何枚も取り替えては丸めて捨てるうちに十二時をすぎた。

男の手の膿は、いつ破れて中身が流れ出してもおかしくなさそうにふくれあがってみえた。いっそ、仏間の文机《ふづくえ》に出しっぱなしの縫い針でも刺してやろうか。実感なく考えているうちに床から水音が伝わり下のトイレのドアが開閉する。

「ご迷惑かけました。ありがとうございます」

姿の見えない自分に向って挨拶する声がくぐもって聞こえる。妙は、部屋のドアをあけようか迷いながら声を張りあげた。

「洗面所のハンドソープで、手、よく洗ってください」

マスクのなかで唾《つば》が飛び散って湿りけを帯びた。あ、はい、とまのぬけた返事を聞き取った。男は、いったん廊下へ出てきたものの、再び、がらりと引き戸を鳴らし洗面所へ引っこむのがわかる。もういちど、こんどはマスクを顎までずらし、片手を差し込めるくらいドアをあけてすきまから下へ呼びかけた。

「あの、自分のタオルかハンカチはありますか」

「え？」

水音が止まった。上手く聞こえなかったのだろう。男が廊下へ踏みだしてくる寸前、妙は慌《あわただ》しく部屋のドアを閉め鍵をかけなおした。隠れんぼうでもしている気分になる。二階へ向って眼をさ迷わせているかもしれない男の声が階段を突き抜け伝わった。

「すいません、いま、なにか？」

「自分のハンカチはありますか」

叫び返すと、ドアに散った唾が頬にはね返った。

「はい、おれ、タオルはいつも持ち歩いてるんで。自分ので拭きます」

まじめくさった声が返ってきた。よかった。妙が叫ぶのに疲れ、ドアを見つめ呼吸を整えていると、男は洗面所へ戻ったようだ。あらためて、蛇口《じやぐち》から水が迸《ほとばし》る。

「貸してくれてありがとうございました。ここのタオルは、使いませんでしたよ」

ひとことずつ、はっきりとした発音で報告され緊張がゆるんだ。妙は、しつこく血の滲む左親指にキズパワーパッドを使うのはもったいなくて、安い絆創膏を巻いた。マスクを引きあげ廊下へ出ると、階段の手すり越しに男を見おろした。うす黄いろい灯りに照らされこちらを見あげてくる、眼鏡の奥の眩《まぶ》しげにほそまった眼の、腫れぼったい垂れ具合が及川陸と重なった。

あの子が生きつづけていたら、二十年後にはこんなふうに成長したかもしれない。

では、ほんとに失礼しますね、野球帽をぬいで腰を折り曲げお辞儀し、姿勢を正すなり目深に被りなおし外へ出ようとする男の背に向って、妙は、待って、と声をふりしぼった。

「火傷、膿、になってる部分があるでしょう」

「う、み？　……ああ。あとで適当につぶそうかと」

「黴菌《ばいきん》が入るんじゃ。いま、よかったら、わたしがやる？」

淡々と申し出るつもりで、他人と喋り慣れていないせいか声が裏返り、頬が燃えあがりそうに熱くなった。階段を一段、右足だけさきに降ろす。

「針、熱湯で消毒してやれば、すぐ終わるし痛くもないけど」

「いや、肌にさわられるのは……、いま、ウイルスの可能性が。また用があれば電話ください」

男の声は、ひと回りは年上にみえる冴えない女にふいになんら期待していない好意を向けられ戸惑っているのはあきらかで、突き放されたように聞こえた。もういちどお辞儀し出てゆきドアが閉まる。妙は、坂を下る靴音を聞き、鍵をかけに階段を降りた。チェーンも下ろした。風呂場とトイレの窓をあけ、男のいた空間に消毒スプレーを噴射し回った。カバーをかけていない便座や水を流すハンドル、ノブ、ハンドソープのポンプ、洗面所の蛇口の栓は除菌ティッシュで念入りに拭いた。

それから、何日かぶりにシャワーを浴び髪も洗った。洗濯ずみのパジャマに着がえ、居間に座り牛乳プリンを食べた。帰郷をきっかけに、こういうデザートは容器がプラスチックごみになるため一切買わなくなった。たまに自分で作る豆乳プリンとちがい、こちらは、舌のうえでとろけるなめらかさに添加物を感じる。食べものを無駄にするのはもっとも耐えられないことで、我慢し平らげた。

せめて無添加ヨーグルトがよかった。

二階へあがり、膿を出してやるのに指さきは触れあわないですむはずだと閃く。布団に入り、暗い天井を仰ぎ、宙へ伸ばした左手の親指と人さし指を丸めて針を持つポーズを取った。右手はげんこつを握る。あの男の親指の、関節の下辺りにふくらんでいた膿めがけ針を刺すようすを思い浮べ、いちどでは表面がふよふよするだけで破れなくて、先端で抉《えぐ》る仕草をする。クリーム色のものがじわりと出てくる。

「ほら、ちょっと腐ったようなにおいがする。だいぶ放ってたんでしょう」

独り言を呟き、頭をあげて枕に敷いていたタオルを引っぱり出し、架空の膿の流れ出た痕《あと》を押さえた。風呂に入っていなかったせいでにおっていたのは自分で、男は、雲脂《ふけ》のちらばる髪にも内心引いて手当てしてもらうのを遠慮したのかもしれなかった。妙は夏掛けを剥いだり覆ったり、寝返りをくり返した。雀《すずめ》たちがさえずり始める明け方頃に自力で眠るのはあきらめ薬をのんだ。

女が絆創膏を探してくれているあいだに腹の具合がわるくなり焦った。忍は用を足すと、疲れがのしかかってすぐには立ちあがれなかった。正面に掛かったカレンダーの、何千羽かいそうなペンギンの群れが猛吹雪に負けず幾重もの輪を作り密着し暖を取りあっている写真を見つめた。昨年十二月のものだった。

取り換え忘れているのだろう。凍《こお》りつきそうなペンギンたちを眼に涼しく感じながらハンドルを探り、水を流す。

「あいつ、ほら、……さんを突き倒した」

雇いさきの命令に従い、抗議者たちが度を越した行動に出ないよう見張る仕事をしていただけの自分に向って、やけに絡んできた厚化粧の女が引っくり返った翌日、シフトをぬけ、コンビニのトイレを借りて出てきたら聞こえた小声がよみがえった。

忍は、米軍基地の拡張や海の埋め立てに反対を叫ぶ人たちを憎んでいるわけではなかった。顔をあげると、ひとめで抗議者とわかる年輩の女のふたり連れがこちらを窺《うかが》っていた。

「お手洗い、行きたい方は申し出てくださいね」

あの午後、ピンクのつなぎの女は、国道沿いに座り込んだ仲間たちのあいだを歩き、声をかけて回っていた。辺りには公衆も仮設もないため、ひまを見て最寄りのトイレまで車を出す係が決まっているようだった。

女は、手を挙げたり反応のあった人へ駆け寄っては、自分に見せてきたのとは別人の瞳を向け、運転手のもとへ誘導していた。その華奢《きゃしゃ》な体にサイズの合っていないつなぎの布地をだぶつかせながら歩いてゆく姿は、ずっと、脳裏に焼きついている。まさか、あれが原因で死んでしまったはずがない。

そもそも、救急車はことわったのだし、あとからそのときの衝撃がもとで死へ至ったとしても自業自得でしかない。ヒールのありそうに見えたブーツなんか履いていたのもわるい。

「いま、おれの顔を見て、何か言いましたか」

自動ドアがあくと潮風の漂いこむコンビニで忍はサングラスを鼻さきへずらし、背を丸めおにぎりを選び始めた女たちへ歩み寄って訊いた。ひとりは半白髪を短く切り、もうひとりは茶髪を団子に結《ゆ》っていた。長袖《ながそで》のうえから、ＮＯ　ＷＡＲ、とプリントされた半袖のＴシャツを堂々と着込み、首もとには、海を守るシンボルの青いスカーフを巻いている。下は、埃を吸ったズボンにスニーカー。たじろがず見据えてくる。

「あんたたち、一日じゅう、炎天下で銅像みたいに仁王立《におうだ》ちしてるだけのとき、あるよね。あれで日給っていくら貰ってるの？」

「派遣？　契約？　ピンはねされてるんでしょう」

敵のくせに興味津々のようすで、そんな立ち入った質問を受けるとは予期していなかった。出ようとすると憐《あわ》れみまでかけられる。

「自分をとことん殺さなきゃならない、つらい仕事に見えるわよ。気の毒に。もっと考えたほうがいい」

えらそうに。こいつら、いままで生きてきて痴漢《ちかん》に遭ったこともないのにちがいない。内心、そう侮蔑しだまったまま立ち去った。はじめから萎《な》えさせるだけの女たち。

あの集団じゃ、あの厚化粧の女はひとりだけごみ溜めにハイビスカスが咲いているみたいにきわだってみえた。東京にいたらすれちがってもふり返りもしないだろうが、蒸し蒸しする山の国道ではそそられた。指の尖った爪ぜんぶにマニキュアを虹《にじ》っぽく色分けし塗っていて、よくもそんな余裕があるものだとあっけにとられ、魅《ひ》かれながらむかついた。いったい、いまはどうしているだろう。

忍は、一回、首すじをライターで炙った。再び力がぬけ、尻を拭き終わったあとも便座に座ったまま、あやうく舟を漕ぐところだった。

「火傷、膿、になってる部分があるでしょう」

手を洗い出てくるなり、針でつぶしてやろうか、などと猫なで声で提案され、注射は嫌いで逃げた。謝礼をしまいこんだリュックを揺らし、濡れたアスファルトに街灯の滲む坂道を降りた。

青空クリーニングの脇を通るとき、手すりにつる草の巻きつき始めた鉄骨階段の向うのドアを見あげた。あそこに、もしも本間さんが東京から運んだ寝具が放置されたままなら、電気、ガス、水道が止まっていたとしても蔵よりは暮しやすいのではないか。

タクシーに飛ばしてもらったとおりの道を逆に歩きながら携帯をいじった。薬剤師、本間さんの名前、世田谷区出身、で検索する。一件、フェイスブックが引っかかり、郵便局のまえで立ちどまった。世田谷は広い。年齢も重なるとはいえ、本人とは限らないが、プロフィール写真を見ることができた。

髪の毛が黒くてふさふさと生えていた頃にハワイ旅行し、白い花のレイを首にかけられ現地のフラダンサーに挟まれて撮った記念写真。鼻の下の長い馬っぽい顔に銀縁眼鏡をかけ、アロハシャツ姿。

最後の更新は去年の正月。いぶりがっこのクリームチーズ添え、もずく酢、ひとり用のキムチ鍋、缶ビールのならぶ晩酌の写真をアップしていて読めるのはそこまでだった。ページを閉じようとすると携帯がふるえる。

〈おじさんの映ってる最悪やばいの見つけたから見せに来たけど、いま、どこ?ウイルス、気をつけなきゃいけないのに、夜の町でお遊び?〉

瑠奈からのメールだった。くだらない。

自販機で水を買い、電気の消えた駅舎に着いた。今晩の宿だ。無人駅のわりに立派な屋根つきの待合室へ、そっと入りこんだ。トイレもある。早歩きすれば、青空クリーニングからここまでおそらく二十分ほどで、住むことになったら拝借してもいいかもしれない。

隅のベンチで寝袋にくるまり横たわっている先客がひとりいた。近づいてみると、手のひらで包みこめそうに痩せこけた顔の男だ。規則正しい寝息を漏らしていた。

忍は、始発の出る時刻をたしかめ携帯のアラームをセットし、男からいちばん離れたベンチに座った。マスクと帽子、眼鏡を外し、スニーカーと靴下もぬぎ、乾いた雨合羽は上下とも着たまま、膝を折り曲げ横たわる。外から流れこむ空気は澄みきっていて、蝙蝠《こうもり》の羽ばたきを聞きながら天井を仰ぎ眼を瞑った。

忍の気配で起こされたのか、先客は、のっそりと動いた。薄眼で見やると、もういちど丸まって眠りなおすのがわかった。外はまた雨音が大きくなっていった。

・

男を深夜に呼びつけた翌日、妙は、昼すぎに眼ざめると居間へ降りてまっさきに電話線を抜いた。冷凍してあった塩むすびを温め、とろろ昆布《こんぶ》を入れた味噌汁を食べると、いつものとおり、一週間ぶんの買出しメモを作った。帽子を目深に被り、マスクで口もとをおおい、生協と薬王堂のある駅の向うへ車で出かけた。家に帰り着くまで、不審者らしい人影は見かけず、あとをつけられている気配も感じなかった。

青空クリーニングは、二階の灰紫のドアへつづく赤黒く錆びた階段の手すりに藪枯（やぶが）らしが這（は）いのぼりつつあった。粟粒（あわつぶ）のようなのが集まった花に蟻（あり）がたかっていて、いま、あちらの内部はどうなっているのか案じた。本間さんは、声からすると五十はすぎていた気がする。頼りなくなった髪をバーコード状に撫《な》でつけていたかもしれない。六十や七十すぎなら、銀髪、禿《は》げもありうる。

それからしばらく、妙は毎朝、自分の部屋を換気するときベランダ越しに坂の下のほうを眺め、太ったり痩せたり、丸眼鏡、黒縁眼鏡、裸眼、ひげあり、ひげなし、あらゆる本間さんの姿を思い描いた。電話線を入れなおしても、及川陸の父親、と名乗る男からの連絡はなく、夜中に窓に小石らしきものを投げられたのも、けっきょく、あの日いちどきりだった。案外、あっさり、自分に会うのはあきらめて去ったか、癌が事実なら転移で再入院したのだろうと思うことにした。

七月に入ったある日、お金を下ろしに郵便局まで歩こうと家から出た。鍵をかけ門から舗道へ踏みだすなり、雲ひとつなく晴れあがった空の青と降り注ぐ光が眼に沁《し》みた。

〈ひとごろし〉

車のフロント硝子に、黒インクをべったり飛び散らせスプレーされている。前日に買出しへ出たときにはなかった。落書きはコンクリート塀にもあった。

〈よそものをつれこむな〉〈町からでてけ〉

手持ちの洗剤といえば、バスマジックリンとおしゃれ着用アクロンだけだ。化学洗剤は好きではないが、このふたつは、母が詰め替え用を買い込んでいたため、しかたなく消費している。どちらかで消せるだろうか。

家へ戻り水を飲んだ。車のほうは物置から埃まみれのピクニックシートを引っぱり出しておおった。塀のは隠しきれない。浴室の壁に吊るした、床をこする毛の固いのと湯船を洗う柔らかめの、二本のブラシを見比べた。窓の向うでヒヨドリたちが鋭く喚《わめ》きあうのが聞こえる。

「工藤、妙、先生。どうか、いちど、……お話しさせて頂けませんでしょうか」

本間さんと重なるしゃがれ声で訴えてきたあの男が、この辺りの空き家のどれかに忍びこみ、自分を日に日に参らせる計画を実行し始めたのかもしれなかった。

まさか、と打ち消し立ちあがろうとして、湯船の縁に摑まった。うつむき、取り忘れた自分の髪の毛が白いのもまじって何本か貼りついた排水口を見おろした。眼を瞑り、家のまえを車の走る音が流れ去るたび、落書きを見られたのではないかと気が気でなくなる。よりによって、ふだんより交通量が多い。

坂の下から靴音を響かせ歩いてくるのは、あの男か、あるいはただの散歩者。犬が息を切らしている。近くに立ちどまり、おしっこをしたようだ。飼主はおそらく鳥打ち帽を愛用する老人で、犬は柴《しば》っぽい雑種。この時間帯に何度か見かけたことがある。

駐車場、塀、と通りすぎ、坂をのぼり戻ってきた。妙の家のまえを下ったところで別の犬連れと鉢合わせし、吠《ほ》え声が飛び交う。あとから来たほうは、たぶん、初老の主婦とスピッツ。妙は、こちらへのぼってきても、どうか落書きには眼を留めないでほしいと祈った。スピッツはおとなしくなり飼主に引っぱられ家の手前で引き返した。

窓から射す光が翳《かげ》ってくる。仄《ほの》かに赤みを帯び始めるまで、息をひそめ外から伝わる音に耳を澄ませ、体育座りをしたり脚を伸ばしたりしながら浴室にこもっていた。廊下へ出て居間へ入るとまもなく五時になる。

外へ出た。落書きはそのまま残っていた。

だれもいない坂道を駆け降り、青空クリーニングのほうは見ないで角を曲がり、背を丸め郵便局へ向った。お金を下ろしたあと、駅に着いた。電車は上下線とも出たばかりで、両側に夕陽の色のカンゾウが咲き乱れる線路に沿って、上り方面へ歩きだした。次の駅に着く頃には辺りはうす暗くなり、だれもいない待合室の天井は蛍光灯が灯っていて、ベンチに座りひと休みした。

その次の駅まで歩くと上りの電車が来るまであと数分で、待合室にもホームにも人がいて、辺りを散策することにした。線路を渡ったら、右手にはしだれ桜の木のあるお寺、左手には、ショーウィンドーにツイードの背広を飾っているものの、やっているのかわからないテーラーの店がある。頭のうえを一羽の燕《つばめ》がまっすぐ飛んで店の裏へつづく住宅街へ吸いこまれた。餌を待つ雛《ひな》たちのさえずりが聞こえる。

そろそろ、鳥たちは寝る時間のはずだ。妙は、ひとめ見たくて引き寄せられた。とある家の軒さきに、嘴《くちばし》を菱形《ひしがた》にあけて元気いっぱいなのが押競《おしくら》まんじゅうしているのを塀越しにたしかめて戻ろうとすると、ドアがあいた。住人が門から出て呼び止める。

「あんた、部外者でしょう。ここは」

ふり返ったら、街灯に照らされ、燕の糞《ふん》でびっしり汚れているのがわかる古新聞を詰めたごみ袋を片手に握ったポロシャツの男が立っていた。こちらを睨みつけ声が険《けわ》しい。

「え？……ああ、すみません、燕が好きなもので見物を」

「来ちゃ駄目だよ。さっさと行って」

背中をごみ袋で叩かれ、新聞のふにゃりとする感触がビニール越しにわかった。同じ市内の者ですけど。言い訳しようとふり返ったら、三角に吊りあがった眼つきで再び袋を頭上へかざす。

「出てけ、出てけ、出てけ」

さっきより強い力で首裏に袋を叩きつけられ、頭を低め走った。テーラーの店のまえで、もう一撃、腰に喰らわされた。踏切の閉まる合図がけたたましく響きだし、線路のほうへ入ったら、男は追うのを止め住宅街へ帰った。

妙は、無事にホームに立つと、糞のにおいが移った気がする首もとをなでた。肩から掛けた、持ち手のすり切れた革のバッグはなんともなかった。

電車に乗り、窓の向うに広がる田んぼを見つめながら、家を出るときにお守りみたいにスカートのポケットに押し込めた便利屋の葉書を探る。あの落書きを消すのは、男に頼もうと思いついた。いまのままじゃ車を使えないから、今夜じゅうがいい。

客の女から見たことのない絆創膏を貰った翌朝、忍が蔵へ帰ると、瑠奈が忍びこんで寝ていた。白地に赤い西瓜《すいか》柄のパジャマ姿で叔父の汗の染みた敷きっぱなしの布団に横たわり、タオルケットは足もとへ蹴飛ばし、枕にスマホを伏せている。雨は止んで扉のすきまからほそく陽が射し、薄桃のくちびるをかすかにあけてはとじる瑠奈の頬を照らした。

家族のだれにも、ふたりでいるところを見られるわけにはいかない気がした。忍は、スマホの横に置かれた懐中電灯を拾うと扉を閉めまっ暗くし、スイッチを入れた。光の輪のなかに浮びあがった瑠奈の顔をもういちど見おろした。マスクは顎に引っかけている。

つついて起こしてやろうか。ふざけて考え、止めた。天井を見あげ深呼吸した。

「おじさん？　……いま何時？」

瑠奈が薄眼をあけ訊いてくる。あくびし起きあがった。

「なに、うちでもレインコート着てるの、防護服の代り？　おおげさじゃない？」

「おれはきのう、友だちとカラオケ行ったからね。二メートル以内に近寄るなよ」

ふっと笑い答え、けさ、ひと晩野宿した駅のトイレの鏡に映した顔を思い出した。寝ているあいだにうなされてベンチから落ち、顔をしたたかに打ち、眼の周りに青痣《あおあざ》が広がった。頬は腫れ、夏が近づいているいま、帽子とマスクの両方で隠し出歩いていてもウイルスのせいで怪しまれないのはありがたかった。

「嘘、地元に友だちなんていないくせに」

「しまった、ばれてたか。ひとり徹夜カラオケだよ」

瑠奈は、ちっとも受けてくれなくてマスクを引きあげ鼻と口をおおい、布団のうえに脚を崩し座った。スマホをいじった。どけよ、とも言えないでいると声をひそめる。

「おじさん。……あのさ、社会の宿題で、沖縄について調べてて見つけたんだけど。あっちで、平和活動するお姉さんに、暴行、したんだね。ひどくない？」

「おれ、行ったことあるいちばん南は熊本だよ。東京で仲良くなった奴の実家があって」

「でも、この動画」

差し出された液晶には、青い制服の男たちと年齢も服装もさまざまな抗議者たちが映っている。撮影者も抗議に参加しているようで、押されては押し返し、手もとがたえまなく揺れる。見つめつづけていたら酔いそうだ。人々の頭上に遠く広がる空は晴れ渡り、路上には砂埃が舞い、地鳴りめいた轟音《ごうおん》が響いていた。

まもなく、カメラはいろんな人にぶつかりぐらつきながら、ひとりの警備員の白い手袋をはめた手がピンクの服に包まれただれかの腹を殴るところを捉えた。髪を波打たせ倒れる女と、くちびるをぽかんと半びらきにする忍の顔を交互に映す。サングラスで眼を隠していても、自分の顔は自分でわかる。

撮影者は女へ駆け寄った。こんどは、厚化粧のあいつが周りの人たちに介抱されているようすが映る。一直線に閉じた瞼《まぶた》は死んだ小鳥みたいだ。ノイズまじりのナレーションが流れた。

「アマチュアの野鳥研究家で、絶滅が危惧《きぐ》されているノグチゲラの生態を調査に来ていた、ナカ、ムラ、アユ、コ、さんは、この翌月、実家で、脳、障害を起こし病院へ運ばれ、亡くなりました。狙って突き倒したのはこの人物です。所属は」

「別人だよ。おれより太ってみえるし、会社もちがう」

蒸し暑くなってきた。忍は、頭皮がむず痒くなり帽子を取ろうとして、みにくく腫れた顔を瑠奈にさらすほうが耐えがたくて止めた。

「嘘。わたしにおこづかい、くれないんなら、この動画をアップしてる人におじさんのアドレスを教える。そうしたら、毎日、おまえはお姉さんを死なせたんだぞ、いまからでも訴えてやるって炎上するメールが来るようになると思うけど、それでもいい？」

〈人殺し。人殺し。人殺し〉

もういちど、動画を突きつけられた。女の手もとは映っていなくて、撮影されたのに自分に不利になるよう加工されたのではないかと思う反面、剃刀をちらつかせられたのは錯覚だったのだろうかと混乱する。道路に、らしきものが落ちたようすは記憶にない。

視線を下へやった。作成者のコメントによると、野鳥研究家は、中村鮎子《なかむらあゆこ》、というらしい。再生回数は一年半で六千超え。そこそこ広がっているが、以前に先輩に見せてもらった向うからの暴行場面のまとめにくらべたら失笑ものの少なさで、ほんとうに死んだのならあまりに無駄で虫けらみたいだ。

「翌月に脳障害になったたって、露骨に怪しいだろ。それに、炎上メールなんて来たって、ぜんぶ削除して終わりに決まってるし」

「そう来たか。……友だちの犬、助けるのに、どうしてもあと三万いる。どうしたらくれる？　胸でも見せたらいい？」

「見たくもないよ。それより」

膿でも出してもらおうか、と閃いた。けさ、駅のトイレの手洗い場で水ぶくれの絆創膏はひととおり新しいものに貼り替えたけれど、いちばん状態のひどい親指だけ、爪で潰そうとするなり、黴菌が入る、という忠告が引っかかって迂闊《うかつ》にいじれなかった。ポケットから、キズパワーパッドまみれになった右手を出して瑠奈の眼のまえで広げてみせた。裏返して甲も見せる。向うは脅《おど》しを止め、手に視線を吸い寄せられて訊いた。

「怪我?」

「火傷。河原でカップラーメン食べようとして、鴉《からす》に襲われて、熱い汁がばしゃっと。親指の下、膿が悪化してるだろ。利き手だから、針を命中させられないんだ」

ふやけた古い絆創膏を剝がすと、白いいんげん豆くらいにふくらんだ薄青緑がかったものがあらわれた。瑠奈の眼は左手にも留まる。

「両手とも、火傷? 痛そう」

「こっちは、仕事で薬品が。う、み、治してくれたら、五千円やるよ」

瑠奈はすぐさまやりかたを検索する。頷いて蔵から出るとサンダルを突っかけ、扉はあけたまま、向いの離れへ小走りする気配が伝わった。裁縫箱と、仏壇の蠟《ろう》燭《そく》に火を点けるための着火器を抱え戻ってきて、強引に扉を閉めた。

「ライターの火で針を炙って消毒するといいんだって。これで代りになるかな」

「ライターならここにあったのに」

ふたりは、シーツがうっすらと湿り強い草いきれのような忍の体臭の漂う布団のうえに向いあって座った。真ん中に懐中電灯を置く。くすんだオレンジの光が闇に滲み、子どもなら隠れんぼうして隠れた子がそのまま忘れ去られてしまいそうな古めかしい簞笥や長持《ながもち》、つづら、壊れた家電に囲まれると、忍は、白昼夢を見ている感じがした。

「じゃあ、消毒します」

瑠奈が宣言し、左手の親指と薬指をきつねの影絵を漆喰壁《しっくいかべ》に映すみたいに丸めて針をつまみ、右手で構えた着火器のスイッチを入れる。ぼぅっ、と噴きだした青く揺らめく炎に、銀色にひかる針の先端をかざす。もういいよ、とこちらが声をあげる寸前、火を止めた。

「冷ましたほうがいいよね」

忍は、懐中電灯を左手で持ちあげ、寄り目になり針を立てて揺らす瑠奈の顔を下から照らした。バニラアイスっぽいシャンプーの香りの残る髪も、にきびの浮き出た額も、光を照り返し暗いオレンジに染まる。可愛くてしかたなくて、あぁ、とぶっきらぼうに発したつもりの声が消え入った。姪と珍しく正面から向きあい会話できているのが新鮮で、もっと身を乗りだし髪や肩さきにさわりたくなり、息苦しくなる。中村鮎子みたいにはねのけられたら、自分はどんな力をふるうことになるかわからない。

るなー、るなー。蔵の外から兄の声が聞こえだした。朝ごはんだよ、どこにいるんだ。まずい。蹴り飛ばされる、と身を屈《かが》めかけたら、瑠奈は舌打ちし、針を右手に持ち替えると左手を忍のほうへ伸ばした。

「膿、見せて」

神妙《しんみょう》に頷き、右手を半ば隠していた合羽の袖を引きあげ、軽く拳骨を握った。背の丸まった親指を、ちょっと腰をあげさらに距離の狭まった瑠奈へ向ける。どれどれ、呟き、爪に噛み痕のある人さし指が膿の下の皮膚に触れた。生乾きの唾《だ》液《えき》の乳酸飲料を思わせるにおいを嗅ぎ取り、指さきからぬくもりが伝わる。

「おぉ、……おー」

幼児めいた唸り声が漏れ全身がふるえた。瑠奈はびくついて針をシーツへ落とした。るなー、と甥たちも叫び始めた。

「汚れがついちゃったら、意味ないよね。やりなおすね」

着火器は燃料が切れたのかいくらいじっても火が立たなくなり、ライターを貸した。瑠奈は再び炎に針をかざすと、一、二、三、数えて止めた。

「はい、また右手」

ひややかに促され、だまって差し出す。こんどは、集中しひと息で深く突いた。熱さはなく、ちくりと痛みが走った。ぎざぎざに破れた穴から青みのあるメロンクリーム色の液体があふれだし、硫黄《いおう》っぽいにおいが漂うと向うは眉を歪《ゆが》め身を引き、忍は箱ティッシュを抜いて自分で拭いた。

「これでいい？　わたし、もう行かなきゃ。お金頂戴」

指が触れあうためだけに、五千円、喜んで払わされる気がして情けなさが押し寄せた。

「ブルドッグが可哀想《かわいそう》だからね」

リュックをあけ、昨夜貰った謝礼を探した。小銭しか入っていない財布はあるのに封筒は消えていた。待合室にもうひとりいた男を思い出す。午前三時ごろ、すすり泣いていた。雨音に儚《はかな》げに紛れていった嗚咽《おえつ》がよみがえった。

「ごめん、いま、金なかった。ある気がしてたけど」

「は？　約束とちがう」

「すられたみたいなんで。ほんと、わるいね」

裁縫箱と着火器を抱え、痺れたらしい片足をさすり立ちあがった瑠奈に睨まれ、忍は土下座しシーツに額をこすりつけた。

「置き引き？　とにかく、すまない」

「いま、……凄く、凄く不潔《ふけつ》な感じで逃げたかったの、我慢してやったのに。最低。おじさんなんか、出てってほしいって陰ではみんな」

「そんなことは、おまえに教えられないでもわかってるよ」

空っぽの腹の底から怒鳴った。自分でも腰がぬける大声だった。おい瑠奈、声とノックが聞こえ、錠《じょう》をかける余裕のなかった扉が力ずくであいた。兄が蔵へ踏みこんで来る。

黒い半袖を着た背中の向うから射す陽はまばゆさを増していて、忍は一瞬、銀白色をして光に浮びあがり舞い踊る無数の埃に、きれいだ、と見とれた。瑠奈は父親へ飛びついた。

「ひどいんだよ、おじさん、わたしに、マロンを助けるお金をやるからってここに呼んだのに、くれない」

「マロンって」

「……ちゃんちの愛犬。破産しそうなのに、マロンは、手術しなきゃ夏を越せない」

鼻声で訴え、脇からすりぬけ外へ出て兄のうしろへ隠れ、怯《おび》えきった瞳でこちらを窺う。忍は、立ちあがって背すじを正した。黄ばんだ爪の伸びた指が何本かむき出しになった穴だらけの靴下を履いた足もとに転がった点きっぱなしの懐中電灯を見おろし、言い訳に詰まった。

夜のうちにここへやってきたのは向うで、咄嗟《とっさ》の思いつきで、火傷が原因の膿を突いてもらえたらこづかいをやると言ったのはたしかに自分だった、などとありのまま明かしたところで、わるさを働こうとしたのにちがいないとだけ決めつけられるのはわかっている。兄の溜息が聞こえた。

「おまえはまったく、……姪に手を出そうとしたなんて」

「ちがう」

「去年は、秋祭りのとき幼稚園の」

「迷子になってたから保護したんだよ。手は、向うから、つなごう、ってせがんできたんだ。林のほうへ行ったのも、お兄ちゃんがいるかもしれないから、って」

けっきょく、鬱蒼《うっそう》と樹の繁る神社の裏側へ手を引かれ回りこもうとしたときに、あの子は、母親の友だちに見つかった。名前を呼ばれるなり、忍の手をふりほどき顔じゅうをくしゃくしゃにし泣き出し、走っていった。

声をかけてきた女の人は、義姉のなじみの喫茶店の奥さんで、忍がちいさな女の子になにかいたずらをしようとしていたかもしれないという情報は、兄の耳にも入った。——こんどそんなうわさが立ったら、追い出される。

「あと、……ほんと、止めてくれよな、衝動で当たり散らすのは。いまの、わかってるよ、っていうの、外までびんびん聞こえたぞ」

「そんなに？　ごめん」

「今日から二週間は蔵から出るなよ。ここに閉じこもってろ」

兄が瑠奈の肩をさすり、こちらへ背を向け、扉はあけたまま母屋へ向う。なにもしてないし、しようともしてない。忍は毅然《きぜん》と言い返そうとして、疑い深い眼で見られるだけであきらめた。いつからか、そんなつもりじゃなかった、と振り払いたくなる出来事ばかりを自分は引き起こし、積み重なり、冬山を転がる雪玉のようにふくれあがり、落ちる速度が増してゆくのを止められない。

二週間。冗談に決まっている。いっそ、飢え死にしてほしいのかもしれない。そこまで嫌われてはいないだろうと打ち消そうとして、苦い味が口に広がる。

母屋から伝わる朝ごはんを囲む気配とテレビニュースの音声をよそに、離れへ入り、膿の痕を丁寧に洗ってキズパワーパッドを貼った。シャワーを浴びて着がえ、帽子と新しいマスクをつけた。桐箪笥にしまいこんでいた、ずっと使ってない寝袋の入ったバックパックを取り出す。底を探ると、なにかの時のために取っておいた一万円札が一枚出てきた。

さらにあさってまでの着がえと、水道水を注いだ水筒、携帯の充電器、爪切りに髭剃《ひげそ》り、タオルも何枚か詰め、財布や絆創膏も入れて自転車に跨る。朝昼兼用の弁当をどこで調達しようか考え、ペダルを踏む。

だれもいない土手を走り、先祖代々の墓のある杉木立に囲まれたお稲荷のまえをぬけ、両側に風の渡る田んぼが広がる。眼もとの凜々《りり》しい青さぎが羽ばたき、忍を追い越す。もうあの家には帰りたくなかった。

「あの、……工藤ですが、いま、家を出て、すかいらーく、にいます。また仕事を頼みたいので、八時頃までに迎えに来て頂けないでしょうか。車の窓と、塀に、いたずら書きをされて、消してもらいたいんです。店の住所は」

妙は、燕の巣を探した帰りにごみ袋をぶつけられたあと、国道沿いのファミレスへたどり着いて男に電話した。留守録に伝言を吹きこむ。

「都合が合わなければ、あきらめます。よろしくお願いします」

夕飯はきのこ雑炊にした。腕時計を見て待っていると、八時二十分すぎ、自動ドアがあいて汗と垢《あか》の鼻を突く臭いがフロアへ流れこんできた。妙はドリンクバーの緑茶の湯呑《ゆの》みをテーブルに置き、マスクをつけなおし、臭いのするほうへ横目を向けた。Tシャツのうえから薄地の長袖シャツを羽織り、だぼついたズボンにサンダル履きの男があらわれる。まえに会ったときより浅黒く日焼けし痩せていた。立ちあがり手を振った。

今夜のマスクは白い不織布。灰色に汚れ見るからに湿っていそうで、同じように手を振り近づいて来ると臭いは余計にきつくなりこちらの眼にまで沁みてきた。

「すみません、遅れて。まだ、半、にはなってないですね」

向うは息を切らし、携帯を取り出し時刻をたしかめ呟く。

「いいえ、留守電、気づいてくれて、ありがとうございます」

「じつは、車はいま、ぶつけて修理中で。依頼を聞いて自転車で来ました」

「自転車？　電車に乗せて？」

髪を撫でつけた店員が、新しくあらわれた客の男から注文を取ろうと近づこうとして、ただならなさを察したらしく立ちどまった。妙はバッグを肩に掛けレジへ向い会計をすませた。男はさきに外へ出て待っていた。

「ええ、まぁ。この店、来たことあるけど、駅から離れてるの知ってるから。なるべく急ぎで。携帯、充電が切れそうだからまにあってよかったです」

「じゃあ、とりあえず、うちへ」

冷房のさむいほど効いた店内に客は妙ひとりだった、窓から山吹色の光がこぼれる建物の裏には田んぼが広がっている。国道を挟んだ反対側も田んぼで、あぜ道に立つ胃腸薬やおみやげの銘菓《めいか》、消費者金融の看板が、街灯を照り返し闇のなかに蒼《あお》ざめて浮びあがってみえた。その向うに黒々とつづく山なみは空に溶けている。

　ふたりは、遠くに灯りが集まってみえるほうへ向って、つかずはなれず歩き始めた。人はもちろん、車も通らなくて風の音だけが聞こえる。男が自転車のかごに放りこんでいるリュックは、このあいだ来てくれたときとちがいバックパックだった。仕事道具が入っているのだろう。道ばたに自動精米機と電話ボックスのならんだ地点にさしかかると、男から尋ねてきた。

「携帯は、持ってないんですよね？　いつも、家の番号。今日は、ここから？」

「はい、助かりました」

「ぼく、今夜は、用具とか持ってきてなくて。落書きは、特殊な洗剤じゃなく、意外と家にあるもので消せるんですよ。塀のは、アルカリ性洗剤とスポンジ。溝に入りこんだ塗料は、たわし。窓硝子には除光液が使えます」

「マニキュアを落とすやつ？　東京にいた頃に使ってたのがまだある」

「あれ、ティッシュに垂らして拭けば車の落書きを消せます。ひとりでやれます……か？」

　店が増えてきた。赤と黒で塗られたラーメン屋、回転寿司《ずし》、水車小屋みたいなうどん屋のまえを通る。どこも駐車場はがら空きだ。角を曲がり、電気の消えた商店街にさしかかった。アーケードをぬけると、横断歩道の脇にうす汚れた白いブライダルショップのビルがあった。眼を射るローズピンクやレモンイエローの裾《すそ》のふくらんだドレスが照明を浴びて誇らしげに飾られていた。

信号を渡ると、特急の停まる駅だ。妙は、青になるのを待ちながら呟いた。

「いえ……、さいきん、自分の家にいるのが怖くて。見張られている気が、たえず、するんです。神経過敏かもしれないけど。便利屋さんも言ってたとおり、春にクリーニング屋で人が死んだでしょう。あいだにある家はどこも空き家か留守がちで、うちがいちばん近い……。あの二階、むかしは店員の親子が暮してましたけどね。いまも、だれか隠れて住み着いていそうに思えて」

「じゃあ、もしかして落書きもそいつが？　まずは警察に相談したほうが」

まならうに焼きついた罵《のの》り文句は、何駅ぶんも歩いて疲れたせいでまぼろしだったように感じる。帰宅したら跡形なく消えていそうな気もして、通報するのはためらう、とは言えなかった。駅に入り時刻表を見た。次の帰りの電車が迫っていた。

「自転車、電車に乗せて、ついてきてくれませんか」

男が唾を飲みこみ、喉の緊張したように鳴る音が聞こえた。

「はあ。……承知しました。あの、もしも終電逃したら、今夜も漫喫に泊るんで、その場合は追加の」

「謝礼は、多めに払います。あと、よその人といるところを町の人に見られるとまずいので、知らない人同士のふりをしましょう。わたしは前、そっちは後ろの車両に分かれて」

「了解です。それと、背中が汚れてますよ」


ファミレスへ呼びだした客の女は、洗いざらしてくたびれた藤色のTシャツの背中に、白と深緑のまだら模様の汚れがこびりついていた。忍は、鳥の糞みたいだと思った。自分といえば、蔵を飛び出してから数日、おもに道の駅で賞味期限が切れた惣菜《そうざい》パンや餅菓子にありつき、夜は無人駅ですごすようになった。

携帯の充電のために、客のいない温泉施設で日帰り入浴したこともあったが、毎日ではなく、体からは饐《す》えた臭いを放ち始めている。女は、連れだって歩いていてもこちらのようすについてまるで超然としてみえるのはありがたかった。

「汚れ？　目立ってますか」

「いえ、そんなには」

「いつからついていたのかな。だれも教えてくれなかった」

待合室には人がいて、ふたりはいったん、駅の外へ出た。ロータリーに一台だけタクシーが停まっている。忍は、駅まえに立つ街灯を頼りに女の持っていた除菌ティッシュで汚れを拭いてあげた。抹茶色に染まりくしゃくしゃになり、丸めてポケットにしまった。

「取れましたよ」

「ありがとう。火傷は、治ってきました？」

「おかげさまで」

もう絆創膏は貼っていない。焼けた痕から、そこだけ赤ん坊みたいで気恥ずかしくなる新しい桃色の皮膚が生まれ、周りと馴染《なじ》みつつある。

忍が窓口の駅員に自転車を乗せる確認をしているあいだに、女は改札をぬけホームへ向った。やって来た鈍行電車に同時に、離れて乗った。

女の最寄りの無人駅で降りると、打ちあわせたとおり、向うは遮断機のあがった線路を渡ってホームからも看板のみえる生協へ歩きだす。忍は自転車を押して待合室をぬけた。今夜は、置き引きしたのにちがいない男は見当たらなかった。旅館のある通りへ出たところで跨り漕ぎだした。青空クリーニングにさしかかるまで、野良猫としかすれちがわなかった。

辺りを見回しだれもいないのをたしかめると、白いベンチの横に自転車を停めた。一階の店舗の硝子戸は鍵が締まっている。カーテンの下からカウンターらしい台がのぞいてみえた。携帯を懐中電灯代りにして、空っぽの駐車場から裏側へ回った。むかしは衣類がビニールに包まれずらりと吊るされていたのだろう大きなハンガーラックや、洗剤の空き瓶の詰まったケース、二槽式の洗濯機などが放置されたままで、あいだをくぐりぬけてゆくとささくれた茶色いドアがある。ノブを回した。あかない。

万が一、本間さんの幽霊が頭から血を流しあらわれたとして、自分は仲良くなれるだろう。剃刀がみえた気がしたのはまぼろしで、無抵抗だった中村鮎子を殺したのかもしれないおれと、町の人たちに殺されたのかもしれない無抵抗だった男は、互いのつきのなさを埋め合わせられそうな取り合わせじゃないか。おもてへ戻り、つる草がいっそう巻きついた鉄骨階段のさきにあるドアを見あげた。のぼってみようと、足をかけた。駅のほうから車が近づく気配がして身を引いた。車は背中のずっと向うで停まった。二階から入れるかどうかは、仕事を終えたらたしかめよう。忍は、そう決めると再び自転車を漕ぎ始めた。坂のうえの女の家が見えてくる。

妙は、きのう買いそびれた卵と有機栽培バナナ、半額になっていた雁月《がんづき》を生協で買うと、男がさきに向った家へいそいだ。青空クリーニングまでやって来ると、窓の向うでなにか動く気配がして二階を見あげた。自宅へ早足になった。卵が割れないよう注意し坂をのぼる。

〈ひとごろし〉〈よそものをつれこむな〉〈町からでてけ〉

闇のなかで眼を凝らした。車のフロント硝子にかけていた赤青チェックのピクニックシートは風に吹かれたのか地面に落ち、落書きが剝きだしになり、塀にも相変わらず残っていた。坂のうえから男が自転車を押し現れ、ライトで文字を照らそうとした。

いっしょに来てほしいと頼んだのは自分なのに、読まれたと思うと秘密を覗《のぞ》き込まれたような居たたまれなさがこみあげた。耐えがたく腕をひろげ立ちはだかった。

「見るな」

妙は、言われたとおりに落書きから眼を背けた男を睨み家の門からドアのまえへ踏みこみ、鍵をあけた。男にも入ってくるよう促す。ドアをあけてからうしろへ回りこむと背中を力いっぱい押し、暗い玄関へすべりこませた。温かくて湿った背中だった。自分も玄関へ入り、ひとりだけ靴をぬいで廊下へあがると電灯のスイッチを押し、洗面所で手洗いとうがいをした。買ったものを台所へ運び手早く消毒まですませてから、サンダル履きで突っ立ったままの腐った牛乳みたいな臭いの男に命じた。

「落書きは、これから、わたしひとりで消します。教えてくれたものを準備するので、そのあいだ、あなたは乗ってきた自転車をこっちにしまって、ここで立って待ってて」

塀のほうを消す道具を洗濯用バケツにまとめ、再び外へ出るまえに男に消毒スプレーを向けた。

「これ、消臭作用もあるから。眼を瞑って」

はい、と言いなりになる。帽子の天辺からつまさきにまで、いちど反転してもらってまんべんなく噴射した。

「手、よく洗ってうがいしてください。洗面所のタオルで拭いていいので」

「ありがとうございます」

「手洗い、すませたら、外へ来て。塀の内側にしゃがんで、わたしが消し終わるまで待っててください。陰で見張ってて」

軒さきの常夜灯を灯した。夜が深まってゆく坂のうえで、淡いオレンジの光を頼りに落書きに水をかけ、洗剤を含ませたスポンジでひたすら泡立てこすってゆく。力をこめつづけて腕が痺れ、中断しふり返っては、闇に埋もれた青空クリーニングの建つほうを見やった。さっき、二階で物音を立てたのは、あそこをねぐらにしている狸《たぬき》かハクビシンだろう。及川陸の父親であるわけがない。

あの子は、夏休み中に出かけた産みの母方の実家のある千葉県の海水浴場で三人のいとこたちと沖へ流され、ひとりだけ死んだ。同じ日に、和歌山県の海水浴場では中学生五人が溺れてひとり死に、岐阜県では川遊びをしていた小学生の兄弟が死ぬ事故が重なって、まとめて全国ニュースで取り上げられた。

さいしょに事故を知らせる電話があったとき、妙は、北海道を旅行中で礼文島《れぶんとう》にいた。さきの予定を取り止め丸一日かけて家へ戻った。

死因を聞き、泳ぐのが苦手なのは知っていたから、なぜ危険水域までたどり着いたのかと不意を衝《つ》かれた。誘いをことわれなかったのだろうと痛ましかった。あるいは、自分の新しい面を切りひらくために冒険したくなったのかもしれないし、ひさしぶりに会ったいとこたちに負けずに潑溂《はつらつ》とした姿を見せたかったのかもしれない。

その年、国内で起きた水難事故は海と川をあわせ千五百件を超え、うち、水死した子どもは七十人ほど。津波でもないのに、ずいぶん亡くなるものだ。遊泳区域外では泳がない、天候不良時も泳がない。この点さえ守っていたら、おおかた避けられるだろうに。

「いまは、陸、についてはなにも考えられません。先生、……一学期だけでしたが、お世話になりました」

あの子は、校長と共に家へ伺ったときに涙の涸《か》れ果てたようすで頭を下げてきた父親の連れ子で、岩手県へは小四のときに引越してきたと聞いた。もともと、こちら出身の父は、東京の会社を辞めたのもあって帰郷すると、典礼会社の営業マンとして働き始め、看護師の奥さんと再婚した。

夫妻のもとには、再婚後に生まれた幼稚園の男の子とまだ赤ちゃんの女の子がいた。陸は、大きいせいもあり親には放っておかれがちだったようで、制服も体育着もそこはかとなく垢染みていた。クラスの子たちにしょっちゅうからかわれていた。でもそれは、妙の眼に親しみのこもったコミュニケーションであるかのように映っていた。

あの子が、死に惹かれ沖へ向ったのだとしたら、養母に当たられたせいだろうと何度も言い聞かせた。

九年ぶりに地元へ帰ってから、妙は、季節ごとにむしょうに海を見たくなった。沿岸まで車で遠出するのは自信がなく、いつも、電車で片道二時間かけて日帰り。駅に着くと自転車を借り、防潮堤の工事の進む浜辺へ走る。ところどころに、骨組みはそのままに一階だけすっぽりなくなったぼろアパートや、黒ずんで傾いた廃屋が取り壊されないで残っている。潮風に吹かれ、一八九六年六月一五日、一九三三年三月三日、二〇一一年三月一一日、明治時代からの大津波のあった日をおまじないみたいに唱える。

高台にのぼり、輝きわたる深い藍の海を眺めていると、及川陸の死は、流されて亡くなったおびただしい人の死に紛れてゆく錯覚がしてくる。瞬間、胸のうちにつっかえつづけているものが消える。

昨秋、父の葬儀をすませたあとに海を見に出かけた帰り、山奥で突然、電車の先頭がなにか柔らかみのあるものに乗りあげた。空気をふるわせ衝撃が広がり、一両めに乗っていた妙が水筒を置いていた卓、窓、足もともふるえた。サイレンが鳴り渡り緊急停止し、アナウンスが流れた。

「ただいま、……鹿、と衝突しました。復旧までいましばらくお待ちください」

妙は、昼から持ち歩いてぬるくなったほの甘いよもぎ茶を飲んでひと息つき、窓の外を見やった。闇に浸され一軒の家の灯りも見当たらずなにもみえない。

車掌と運転士は、悲鳴もあげないで体がつぶれ即死したのだろう鹿をおおうための銀色のビニールシートをふたりで抱え外へ出ていった。妙の斜めうしろに座った女が携帯から電話をかけ、はい、到着は明日になるかもしれません、こわばった声で事情を説明する。東京行きの最終の新幹線にまにあうか微妙な時間帯だった。

十人ほどいた他の乗客たちは慣れたようすであきらめていた。ひとり客が主で、黄ばんで思える車内の空気に息を吸っては吐く音が交わり、血行をよくするためか屈伸する老人がいた。おにぎりの海苔のにおいもした。タクシーを呼べそうな国道もここからは歩いてはゆけない。焦ってもしかたない。

子どもの頃から読書好きで国語教師になったというのに、陸が死んでから、妙は、本、というものを読めなくなった。それがなによりの罰かもしれない。新聞や雑誌、ネット記事も駄目だ。活字をいくら見つめつづけても集中力が散漫になる。眼にこめる力の加減で字が薄れたり濃くなったり歪みだしたり、ときには踊り出したりするばかりで、行を追えず内容が入ってこない。東京で働いていた頃も、通勤電車で一冊も読み通せたことはなかった。海へ行くときも持ってゆくことはなくなった。

新しいものに触れられない代りに、むかし読んだもののすじや言葉はふいになまなましくよみがえる。あの夜は、うたた寝をくり返すうち、遠野物語の言い伝えを思い出した。

〈昔青笹村《あおざさむら》に一人の少年があって継子《ままこ》であった。馬放しにその子をやって、四方から火をつけて焼き殺してしまった。その子は常々笛を愛していたが、この火の中で笛を吹きつつ死んだ処が、今の笛吹峠であるという。〉

黄金色の炎の燃えあがる枯野でひとり眼を瞑り横笛を吹きつづける、すりきれた紺絣《こんがすり》の着物を纏《まと》った少年の姿が浮んだ。焼き払われてゆくすすきの穂のさきから火の粉が舞い散って袖の裾に移り、たちまち大きくなった炎に全身を包まれ、黒い影絵のようになる。ついに熱に耐えきれなくなり眉を顰《ひそ》め、笛を落とし地団駄を踏み悶《もだ》える。

「助けて。助けて。助けて」

焼かれながら叫ぶ少年の顔は、急に荒くなった波に呑まれ浮きの連なりの外へ押し流され、藻《も》に足を取られ、いとこたちに、助けて、と呼びかけながらも塩辛い水をいっぱいに飲み溺れ、泣き笑いし沈みゆく及川陸の、紫になったくちびるを開閉させる顔にすりかわった。

呼吸が止まり眼ざめた。だれもいないまえの席の背もたれが視界に映る。いつのまにやら眠りこんでいてよだれまで出ていた。我に返りハンカチで拭き取る。

「ご迷惑をおかけしています。五分後に発車できる見込みです」

新しいアナウンスが響き、斜めうしろからほっとした声が聞こえる。

「あの、今夜じゅうに着きそうです」

腕時計を見ると衝突から一時間経っていた。

まもなく、二両編成の電車は闇のなかをゆっくりと走り始め、妙は、さらにぬるくまずくなったよもぎ茶をすすり、わるいのはわたしじゃない、と自分に言い聞かせつづけた。あの子を沖まで追い詰めたのだとしたら、断じて、事故のあと半年もすぎないうちに離婚しふたりの子を連れ県北の田舎へ帰郷したという養母だ。

わたしはだれも殺していない。

塀の落書きはどうにか消え、妙はこんどは、車のほうのものを消す道具を取りに玄関のドアをあけた。はなをすする音を聞き取りふり返った。男は言いつけを守り、塀に向って体をちぢこまらせ立膝をついた姿勢で身じろぎしないでいる。こちらを窺《うかが》った。眼をしょぼつかせ訴えてきた。

「あの、……喉、渇いて。水、くれませんか」

妙は、頷いて台所へ入ると薬缶に水道水を注ぎ氷も入れた。食器棚を見回すと、以前から捨てようと思っていた父の形見の湯呑みが眼につき、いっしょに持っていった。

「うちにはペットボトルがないから。これで飲んで」

「ありがとうございます。あと、トイレも」

「場所はわかってるでしょう、ご自由に」

承諾を得ないで使ってかまわなかったのに、とおどろき、すみません、よろけて立ってお辞儀し、服の汚れを払い、廊下へあがる背中を見送った。

ひとごろし。除光液を垂らしたティッシュで懸命《けんめい》に拭いた。無事に消し終わり、シンナーと似た除光液のにおいを嗅ぎつづけたせいもあってふらついた足取りで家へ戻ろうとした。男は、塀に向ってしゃがみつづけている。妙は、終わりましたよ、とひとこと告げてその脇をすりぬけ、居間へ入り、零時をすぎているのに気づいた。いったい、どれだけ夢中で拭いていたのだろう。

「もう、終電はないですね」

玄関から首を伸ばし、背中越しに訊いた。男は、はい、とふり返らないで無感情に答えた。

「行く、って言ってた漫画喫茶って、二十四時間、あいてるんですか」

「いいえ、じつは、……潰れたんです。先月も、じつは、野宿しました」

声が消え入る。そんな気がしていた。

「布団……、用意するので、泊っていきますか」

「いいんですか。……よろしくお願いします」

「作業、長引いちゃって。すみません。しゃがんでずっとなにもしないでいるの、つらくないの？」

「警備の仕事をやってたことがあって。鍛《きた》えられましたから。それに、気づかれないよう、たまに立って屈伸運動してましたよ」

鹿をはねた電車で居合わせた老人みたいだ。妙は吹きだしそうになってこらえ、男を家へ呼び入れ鍵を締めると、引き戸から洗面所へ入った。使い古したタオルを何枚か選び脱衣かごに入れた。もういちど廊下へ戻ると、男は、凝りをほぐすらしく肩を交互に回しながら玄関のドアのほうを向いている。居間まで身を引き背後から話しかけた。

「亡くなった父のパジャマと下着、使います……、か？」

「ありがとうございます」

「じゃあ、うえから持ってくるので。シャワーも使ってください」


およそ半月ぶりに電話をかけてきた女は、落書きを消してほしい、と頼んできたというのに、家に着くなり、ただ塀に隠れていろと命じてきた。忍は、謝礼にありつきたかったし、鵜呑《うの》みし従った。途中で冷たい水を貰うと、気分はいくらかリフレッシュした。

もし蔵へ帰ったとして、次に瑠奈が小遣いをせがみ入りこんできたら、自分は、おできを掻《か》いた痕のある喉を絞めあげ殺してしまうかもしれない。あるいは、衝動を止めようと河原へ走り出てガソリンを被り自身に火を放ってもおかしくない気がする。そうなるよりは、この家の塀の陰で、頭を空っぽにしていつまでも女の考える見張り役とやらをこなしているほうがましだ。

日付が替わってから女が作業を終えると、忍は、言われる通りに家へあがり洗面所へ入った。夜明けまえにはここを出て青空クリーニングの二階をたしかめにゆこう。服をぬぎ始めると、女は鍵のない引き戸越しに、あの、遠慮がちに話しかけてくる。

「廊下に、ごみ袋を置いたので。着てきたものは、袋、にしまってくれますかね」

「ああ、汚れてますからね。わかりました」

「あと、布団は、お風呂場の向いの、仏、間、に敷いておきます」

ぶつ、ま、と嚙みしめるように呟いていた。体と下着を洗うあいだ、忍も、ぶつ、ま、と口のなかでくり返した。

風呂からあがり、脱衣かごに置かれたバスタオルで体を拭いて、青いストライプ柄をしたガーゼっぽい手ざわりのパジャマに着がえた。子どもの頃以来で、パジャマ、というものに身を包まれ生まれ変わる感じがした。鏡を覗いたら、帽子も眼鏡もマスクも外した顔の頰の肉は削《そ》げ落ち、目尻や鼻、口もとを虫に刺された痕は赤い水玉模様のよう。左腕は、雨の夜に自転車のタイヤがすべって転倒しすりむけた痕がじゅくじゅくと化膿《かのう》していて、現実へ戻る。

これ以上、悪化するまえに、消毒した針と高級絆創膏が欲しい。引き戸をあけようとすると外から止められた。

「あ、まだ準備中。ちょっと待って」

風呂場へ戻り、排水口に絡まった自分の体毛を取り除いた。女の眼に触れさせたくなくてティッシュに包み、ごみ箱の奥へ押し込めた。再び鏡に向きなおり無精ひげをいじっていると、スリッパを履いた足音が階段をのぼっていった。

「どうぞ、出てきてください」

声がくぐもって聞こえ、はい、と答えてからさらに十秒数え洗面所を出る。予想通り、女の姿はない。階段を見あげてもしんとしている。

臭う服を入れたごみ袋を抱え、廊下を挟んだ向いの襖《ふすま》をあけた。薄緑の畳に煎餅布団が敷かれ、タオルケットが広げられている。フリルのついた白いカバーのかかった枕の向うに、黒い扉を閉じた仏壇があった。カーテンレールには、もとからあるのか、忍のために用意してくれたのか、ハンガーがいくつか吊りさがっている。風呂場で絞った下着を干した。

布団の脇には、扇風機と電気スタンド、農家のおかみさんの手作りでよく産直で売っている雁月にバナナと黒砂糖、水筒をならべたお盆があった。メモも添えられている。

〈夜食に召しあがってください。水筒のなかみは麦茶です。おやすみなさい〉

胡桃《くるみ》入りの雁月からむしゃぶりついた。


男のために仏間に布団を敷いて夜食まで用意すると、妙は、自分の部屋の布団へ入りひと休みした。いつしか、床下から鼾《いびき》が途切れがちに聞こえ始めた。うねりながら高まっては止まり、歯軋りが入るのをくり返す。

生きていた頃、仏間を寝床にしていた母のものとリズムが似ていた。枕もとの目覚ましをたしかめると二時になり、自分もシャワーを浴びに下へ降りた。

再び、布団に入る頃には三時になった。暗やみで寝返りを打つと、坂の下からだれかが歩いてくる裸足のような足音が迫ってきた。及川陸の父親が、知らないあいだに青空クリーニングの二階に住みつき、自分の動向に眼をひからせていたのかもしれない。息子の水死は妙が引き起こしたとかたくなに思い込むあまり、憎たらしい妙に、溺れ死ぬのに匹敵する苦しい死を強いようと狙ってきたのではないだろうか。たとえば、焼死。

あの足音は、ウィルスを怖がるあまりに昼間に出歩くのを避けているだれかが真夜中になって散歩しているのだといくら自分に言い聞かせても、自分が火だるまになる光景が頭のなかで渦巻いた。起きあがり、スリッパは履かず手すりを頼りに暗い階段を降りた。廊下から、仏間の襖をノックする。はい、といまに限って縋《すが》りつきたくなるあくびまじりの声が返ってきた。

「あの、だれか、こっちに来ます」

訴えてひと呼吸すると、足音は坂の下のほうへ遠ざかった。

「は？　いま？　ぼくはなにも」

「あ、……帰っていった……」

膝から力がぬけ、襖を背にしゃがみ座りこんだ。闇に眼が慣れてきて仄かに輪郭の浮びあがってみえる階段の手すりを見あげた。男が布団から出る気配はない。

怖がらせないよう気遣っているのか、こちらもお客さん扱いはせずにわざと縁の欠けた湯呑みや繊維のほつれたタオルケットを貸し与えているくらいだから、いずれにしろありがたい。咳払いを聞き取った。

「下のクリーニング……、やっぱり、本間さんの幽霊が出るんですかね」

妙は名前を聞いてもただちには思い出せなかった。

「本間さん、って?」

訊き返すと、熨斗紙に筆ペンで、名乗ってきたときのしゃがれ声のまとわりついてくる弱々しさとはうらはらに悠然と書かれていた苗字がよみがえった。あそこへ越してきた事情について、ぼんやりと察しながら次第に深く考えないようになっていた。

「ああ。そういえば、変な死に方した、って言ってましたよね。それは」

自分も、本間さんを死へ追い込んだひとりに数えられるのだろうか。挨拶はインターホンのみですませ外へは出たくなかったし、お煎餅も、ああするしかなかった。

妙は、自分はわるくない、と声には出さず呟き溜息をついた。重い眼鏡をいったん外した。暗やみのなか、風呂場の換気扇の回りつづける音が漏れる洗面所の引き戸へ向って、両脚を伸ばした。血の気の引いた膝頭をさすっていると、だまっていた男が軽く鼻を鳴らし話し始める。

「まぁ、しょうがないですね。田舎だと、感染者になったら、一族の恥、って叩かれて、のちのちまで語り継がれますしね。もしかすると、すでにそれっぽい症状が出てるのに、裏庭の蔵、とかに閉じ込められてる人もいるかもしれませんよね。病院で検査を望んだら、県内の第一号になりたいんですか、って脅されて、受けさせてもらえず帰った人がいる、ってうわさも聞くし」

「わたしは、……クリーニングの二階にいるの、ストーカーかも、って思ってたけど」

「へ？　お客さんの、元彼とか？」

男の声が素《す》っ頓狂《とんきょう》にうわずり、妙は、意表を突かれ吹きだしそうになった。落ち着こうと膝を抱え体育座りになる。襖をふり返り、声のトーンをあげて尋ねた。

「四十六年も生きてたら、もしもばれたら、あいつ死んでしまえ、と恨みを抱かれていそうな隠しごとって、ひとつやふたつしでかしてるの、珍しくもないんじゃないの。わたしのは、ばれてないと思うけど」

「はぁ……、おれは、来月で三十四になるもんで。ちょっとわかりません」

たとえあったとしても、いま打ち明けてくれるわけがないと思いつつ問い返した。

「そういう過去ってない？」

妙の声は家ぜんたいにやけっぱち気味に歌いかけるように響き、肩を竦《すく》めた。

襖の向うの男は、それもわかりません、とも、ないですね、と答えるわけでもなく、息を吸っては吐く音が掠れて聞こえた。玄関のドアに嵌っている明り取りの闇が、まばたきするごとに藍色に薄れてきた。

妙は、男はこのまま寝入ってしまうのだろうかと思いながら階段のほうへ向きなおった。きのうより肌ざむく、くしゃみが出た。自分の経歴をなにも知らない男は、命令に忠実で、こちらが促さなければけっして襖から出てこないだろうという安心感から、喋りすぎた。

いま、もっと話したいことがある気もした。冷えた床から腰をあげられないでいるうちに、向うから切り出してきた。

「クリーニングの二階、よかったら、いっしょに探検行きますか」

だれも転がり込んでなどいるようすがないとわかれば、このさき、もう少し冷静に日々をすごせるのではないかと思った。

「そうですね、町の人が起きないうちに」

「服、お父さんのがあれば貸してください。サイズが合うんで。半袖より長袖がいいかな。マスクも」

「あげますよ。いま、持ってきます」

妙は、電灯を点けて二階へあがると、父の部屋の押入れから、洗濯ずみのTシャツにチノパン、春もののブルゾンを選んだ。どれも新品同様で捨てるのはもったいなく、どこかで災害が起きたときに避難所へ送るつもりでいたけれど、かえって迷惑になる気もして送れないでいるものだ。マスクは、やはり父のハンカチにゴムを通し即席で作った。

暗いうちに外へ出た。懐中電灯を坂のうえへ向けると、まっ黒くみえる蔦《つた》におおわれた、もとは家具会社の工房だった二階建てが照らされる。朽《く》ちかけて、キケン、の看板が出ている。空は曇り、星が見えなくなっていた。

今日は燃えるごみの収集日で、妙は、忘れずに袋を捨てた。それから、男とつかずはなれず、灯りの点いていない家々が雑草の茂った売地を挟みながら向いあって建っている坂道を、青空クリーニングを目指し降りていった。こんな夜明けまえに散歩者が来ないよう願い胃が痛くなっていると、男が訊いてくる。

「ゆうべ、ちらっと言ってましたけど。東京、いたことあるんですか」

「ええ、だれも自分を知らない街に住みたくなって。でも、……まともな仕事に就けなくて。毎月、家賃を払えるかどうか綱渡り状態できつくて、あと、母が倒れたのでこっちへ戻りました」

「おれも、いたことあるんですよ、東京。似た感じでこっちへ戻りました」


夜更けに女が風呂場へ入り水音が響き始めると、忍は、用意された夜食では足りなくて電気スタンドを点け起きあがった。充電の終わった携帯を手に、廊下側ではない襖をあけた。テレビのある居間へ出た。黄緑の絨毯《じゅうたん》を敷かれ、家族用の一枚板のテーブルがあり、左側に座椅子がひとつ置かれている。その向うは台所で冷蔵庫へ忍び寄った。

日付のシールのくっついた卵が七個ならんでいる。奥の一個だけ賞味期限切れであとは二週間後。ばれにくいよう、古いのに手を伸ばした。流し台にぶつけ殻を割り、洗いかごに伏せてある、見張りの最中に水を飲んだ湯呑みにつるりと中身を出し喉へ流しこむ。ごみ箱はふたつあり、蓋なしにはプラスチック、蓋つきには生ごみだけ入っている。殻を野菜屑《くず》の下に隠して捨て、白身の粘つく指さきを石鹼で洗い、湯呑みもすすいで元通りに伏せた。携帯の灯りを頼りに、もっとなにかないかと辺りを見回した。

流しの向いにある食器棚のまえにしゃがんで下の扉をあけた。あっさりおだし味のカップ麺に乾パン、コーンポタージュやトマトスープの缶詰にインスタント野菜カレー、サトウのごはんが蒼白い光に照らされる。防災対策の万全さに感心しているうちにシャワーの音が止まった。扉を閉めようとして奥に落ちている茶封筒を見つけた。摑んだまま仏間へ引っこみ、暗くして布団にうつ伏せた。

女は、洗面所から廊下へ出ると、ほぉっ、解放されたふうに息を吐いた。腰が重そうにスリッパの音を響かせ二階へあがり、ドアが開閉する。自分の布団に入ったのだろう。忍はもういちど携帯をかざし、寝そべったまま封筒をよく見た。だいすきな先生、とある。

セロテープを剝がした。中身は、期待したへそくりじゃなかった。淡い青い線の入ったノートが破り取られたものが一枚、折りたたまれ出てきた。

〈工藤　妙　先生。

たぶん、これがさいしょでさいごの手紙になるかなと思います。たぶん、ですけど。明日から夏休みですね。

この一学期、ばいきん、というあだなをつけて広めてくれたクラスの阿部くん、手のひらにガマガエルの死がいをにぎらせてくれた関口くん、そうじ用具のロッカーにとじこめてくれた森くんといった友だち。そして、みんな、いい子なのだから、仲良くしましょうね、とはげましてくれた先生には、まことにお世話になりました。

夏休みのあいだ、ぼくのことは、ぜったい忘れないでくださいね。新学期にまた会うのを楽しみにしてます。

二年一組　及川　陸〉

力の入りすぎた濃いめの鉛筆の、暴れだしそうに角張っては崩れてちぢこまってゆく字で書かれている。工藤妙。忍は、空腹を紛らわせようと携帯を手に取り、この名前で検索した。

同姓同名の書道家や料理研究家、法律を学ぶ大学生のフェイスブックにインスタグラム、全国の小中高のスポーツ大会の入賞者の名前の載った記録が出てくる。最後のページのブログの件名が引っかかった。二〇一〇年九月にアップされたものだ。

〈先生が息子への苛《いじ》めを見て見ぬふりをした証言をして下さる方を探しています。息子の死因は昨年の夏休み中の溺死ですが……〉

それ以上の内容は、すでに削除されたかプロバイダの不具合か、見つからないとの表示が出てひらけない。及川陸、でも検索した。ＩＴ企業の役員や金髪の美容師、どこかのバドミントン部の部長などがいる。

〈千葉県内のニュース　海水浴中に沖に流された中高生四人のうち一人が死亡〉

こちらは〇九年八月の記事で、さっき、工藤妙、の名前で引っかかったブログとつながるものなのか、わからなかった。世の中は、知らないほうが心穏やかに日々をやりすごせそうなことで溢《あふ》れていて、ただでさえ疲れる。これ以上深くは探りたくもなかった。

さらに、野鳥研究家、中村鮎子、と打とうとして指が冷えて止める。検索すれば、訃報や、だれかが彼女を追悼《ついとう》する文章が出てくるかもしれないが、それらを眼にしなければ自分にとってあいつは生きているのと同じだ。

「そういう過去ってない？」

午前三時、忍には聞こえていなかった物音に異様に怯え階段を降りてきた女に、ふいにほがらかに裏返りそうになった声で問いかけられ、女は、自分と似ている気がした。ばれたら恨《うら》まれるものって、これですか、とこの封筒を差し出してみせるわけにもいかなかった。あとで元の場所へ返そうとひとまず自分のバックパックへ隠した。

「津波のときって、東京にいたんですか」

女の父親の服を貸してもらい、連れだって坂を降りながら尋ねると、向うは頷き、あなたは、と訊き返した。

「おれもです。家を出てから、仙台、福島って南下していって。震災直前に東京へ来て、江戸川区の、紙資源をリサイクルする会社で住み込みで働き始めたところだったんですよ」

「へぇ。……わたしは、どこにいたんだったかな」

「マスクしてると、たまに放射能を思い出しますね。あの時期って、東京も」

女は忍の話にはあからさまに興味を欠いていそうにまばたきし頷き、ちょうど青空クリーニングに着いた。

「夜に、自転車で来たときに、気になってたしかめたんですけど。この裏は物置になってて、店へ通じる戸もあるんですが、そっちからは屋内に入れないです」

「そうなの」

「二階を見てきます」

忍は、女に用意してもらった軍手をはめた。下から懐中電灯で照らしてもらいながら、店の脇の錆びた階段を軽快にのぼった。ドアの新聞兼郵便受けの口もとに貼られた青いテープを剝がし手を突っ込み、鍵を探り当てた。

「えらい、管理がずさんだなぁ」

下で待つ女に眼だけでほほえみ、ドアをあけ中へ入る。左手にある台所の窓からカーテン越しに、少しさきにある街灯の光が射し、うっすらとようすがわかった。あちこち、綿埃が散らばり、クレンザーのにおいが漂っている。ささくれた八畳間の真ん中に牡丹柄《ぼたんがら》のカバーのかかった炬燵《こたつ》と焦げ茶っぽい座布団があった。その奥にもうひと部屋あるのか、ドアが見え、木の食器棚の向うの陰になってい る辺りにはトイレと風呂場がありそうだ。

ノックが聞こえ、女も入ってくる。忍はサンダルのまま居間へあがった。エアコンは取り外され、炬燵以外の暖房器具は見当たらなかった。

「本間さんの持ち物は、身寄りがなければ役所が始末するはずだけど」

「いま、粗大ごみの引取り、時間かかるから」

忍が懐中電灯を借りてさきに立ち、室内を点検して回る。流しのなかでは、カメムシが数匹、腹をむき出し干からび死んでいた。だれかが住んでいるなら当然ありそうな生ごみやペットボトル、弁当の容器といったものは見当たらない。動物の糞もない。

炊飯器に小型冷蔵庫、電子レンジもある。奥へ踏みこみ、トイレ、風呂場とドアをあけた。タイル張りの床は目が黒ずみ、湯船の脇には、じゃばら式の蓋が巻いて立てかけられている。清潔好きだったのだろう、洗面所の棚には、ハンドソープや消毒スプレーの予備の他、塩素系、中性、植物性、あらゆる洗剤が呆《あき》れるほど詰まっていた。女が呟く。

「こういうの、捨てようとして混ざったら有毒になる組み合わせがあるんだよね」

忍が掲示板で読んだ死因のひとつにそんなのがあった。

最後に入った六畳の洋間には簡易ベッド、机と椅子が放置されていた。天井の照明は外され、床の真ん中辺りが心なしかへこんでいる。忍は、赤いアロハシャツを着たまま白髪になった本間さんが猫背を向け座っている姿を思い描き、机へ歩み寄った。自殺だとわかったのはどこかへ遺書が送られたかららしい。抽斗からは抽斗の鍵だけが見つかった。

「人は、住んではいないみたいね。雨風は凌げても、ライフラインは止まってるしね」

「黴《かび》もないし、不動産屋がたまに来て風を通してるんですかね」

「また、新しく貸すつもりなのかな。事故物件になってしまったけど」

忍は、そうですね、淡々と返した。机に向って手を合わせ、アロハの本間さんへ、マンションよりこっちでじゅうぶんじゃないかと心のうちで話しかけた。居間へ戻り、食器棚のまえに屈んだ。

「ここは、なにかあるのかな」

悲鳴のような軋みを立て、下の扉をあけた。女がうしろから懐中電灯で照らしだす。うす暗がりにまっ白い紙袋がいくつかならんでいた。覗きこんだ女が息をのんだ。忍は、ひとつ引き寄せて立ちあがり中身を出した。

厳《いか》めしく書かれた熨斗紙を払い、渋い緑の包みをあけたらぴかぴかする黒い缶があらわれた。とっくに湿気っていそうな銀座のお煎餅が詰まっている。

〈御挨拶　本間〉

「あの、これ、初めて呼ばれた日に、おみやげでくれた？」

ふり返って訊くと、女は髪を押し込めた帽子を目深く被りなおし後ずさり、紫陽花《あじさい》柄のマスクのなかで可笑《おか》しくてしかたがなさそうにこみあげる笑いを噛み殺し答えた。

「お煎餅は、好きじゃなくて。……無駄にするくらいなら、おなかがすいて見えた若い人にあげたほうがよさそうに思ったから」

なんて、気味のわるいことをするのだろう。いや、食べられるものを捨てるよりはましだ。女は言い訳をつづける。

「近所に越してきたのに、……亡くなったのは、あなたから聞いて初めて知って。貰って頂いた時点では、知りませんでした。まさか、ばれるだなんて」


よりによって、押しつけた本人の眼のまえで御挨拶のお煎餅が見つかるなんてきまりわるすぎて、妙は、ぞんざいに扱った罰が当たった気がした。本間さんの幽霊が屋根裏にひそんでいて、節穴からこちらをのぞきこみ、いい気味だ、と言いたげに引きつった笑いをこらえていそうに感じた。

見あげると、クリーム色をした天井は隅に蜘蛛《くも》の巣が張っているだけで穴などは見当たらなかった。蓋をあけたままの黒い缶を抱えた男は、いまの、鼠《ねずみ》かな、と呟いた。

「それ、元通りに片づけて、しまっておいて。侵入した痕がわかったらいけないから」

「はい」

「わたしは、さきに家へ帰ってます」

妙は男から視線を外し慌しく告げると、外へ出て階段を降りた。夜は明けて町のうえに広がる空は鈍色《にびいろ》の雲が敷き詰められている。

犬の散歩者が来ないうちに息を切らし坂を駆けのぼった。玄関から洗面所へ飛び込み、ハンドソープを手で泡立てる。以前に指示したのと同じ押し方でインターホンが鳴った。

「入っていいですよ。鍵、あいてるから」

ドア越しに男へ呼びかけ、ノブの回る音を聞くと引き戸から洗面所へ引っこみ、泡まみれになった両手をすすいだ。しずかに息を吸っては吐き、サンダル履きで立ち尽くしていそうな男に向って、再び、姿は見せないで指示した。

「あの、わたしが出たらこっちへあがって、軍手はごみ箱に捨てて。それから、さきに、シャワーを浴びてもらえますか」

「は？　……シャワー、ですか」

「あげた服と靴下、マスクは、洗濯機のまえに置いたピンクのバケツに突っ込んでください。あとで、わたしのものとは別に洗うので。埃がついたでしょう。あそこ、……東京から来た人が住んでいたわけだから、いちおう、汚れが危険かもしれないから」

「了解です。あっちから運んだ机とか触ったし、用心は大事ですね」

「あとでわたしもお風呂に入ります。もうひと眠りしてから、朝ごはんにしましょう。それと、玄関、鍵をかけてチェーンも下ろしておいて」

男がドアへ向きなおって言われた通りにするのを物音で察すると、妙は、すみやかに洗面所から出て階段をのぼり自分の部屋へ入った。窓をあけ放し換気した。

十一年まえの七月の終業式の日、妙は帰りがけに、教員用の下駄箱に忍ばせてあったあの子からの手紙を見つけた。おもてに差出人名はなく、その場で中身を読んだ。さすがに気が気でなくなり、家に電話した。留守電がつづいた。陸くん、先生の携帯に折り返しお願いします。相談を遠慮させないよう、精一杯、やさしい声で吹き込んだ。向うからの連絡はなかった。

だんだん、甘えて嘘を交えてふざけている、というあきれが上回って、電話も、考えかけていた訪問も止めた。名指しされている男子たちはみんな、たしかに腕《わん》白《ぱく》すぎる面があるものの、健全な子たちで、妙には、なんの問題もないように見えていた。

見ないようにしていたわけではない、とも自分に言い聞かせつづけた。幾度も焼き捨てようとしてはできないままでいる。

「まさか、……ばれるだなんてね」

階下の水音が止まり、男が洗面所から仏間へ引っこむ気配が伝わると、妙は部屋から出て独り言を呟き階段を降りた。昨夜は、家のまえに停められているのを町の人に見られたくないと過敏に用心し玄関へ運び入れてもらった自転車が、明り取りから射すはちみつ色っぽくなった朝の光に照らされている。

「及川、陸、の父親です。……癌、を患っていますが、いま、一時退院していますす」

あれきりなにもないということは、陸の父、と名乗る何者かは、現在危篤《きとく》か、絶命したのかもしれない。

麦茶を飲もうとして居間へ入り、昨夜、仏間に置いた男の水筒に分けたせいでなくなったのに気づいた。新しいのを作ろうと薬缶を火にかけた。パックを煮出すあいだ、及川陸の封筒をたしかめるために食器棚の下の扉をあけた。おといも、さわってみたばかりだった。暗がりには非常食がきっちり収まっているだけだった。

　カップ麺やサトウのごはんをぜんぶ出して床に積みあげて捜しなおしても、封筒は見当たらなかった。

　シャワーを浴び、二階の部屋へ戻った。ごめんね、ごめんなさい。まならうに浮んでは消える、溺れる及川陸の顔に向ってささやくうちに、涙が滲み枕を湿らせた。床下から響く鼾も、屋根のうえで鴉たちが呼びあう声も羽ばたきもちいさくなり眠りへ落ちていった。


〈薬ぜんカレーライス。トーストと目玉焼き、わかめスープ。どちらが希望か印をつけて廊下に置いた箱に入れてください。ペンは消毒ずみです〉

　忍が眼ざめると、泊った女の家の仏間は雨戸をあけられ、レースと小花柄のが二重になったカーテン越しに車の走り去る音が聞こえた。枕もとの電気スタンドの下にメモとボールペンがあった。

　カレーに丸をし、布団から這うように出て廊下側の襖をあけた。青い紙で折った小箱が床に置かれていた。二階にもトイレがあるようで水を流す音を聞き取った。風呂場の裏側を通っている排水管を水が勢いよく流れ落ちる。メモを小箱に入れ、再び、仏間へ戻った。

女はトイレから出るとこちらへ降りてきて、襖の向うに立ちどまる気配がする。携帯の時計表示は午後三時をすぎていた。ありえないくらい長く熟睡していた。いったい、こんなことをしていていいのだろうかと夢を見つづけている気分に陥りかけていると、廊下から女の声がした。

「カレー、用意しました。水筒には、新しいお茶が入ってます。食べ終わったら、食器はお盆ごとここに置いてください」

パジャマのまま取りに出て、あぐらをかいてかきこむ。肉はなく、長芋や牛蒡《ごぼう》や人参の切れ端が煮込まれたスープ風カレーは、体には良いのだろうが生ごみっぽいにおいで好みじゃなかった。でもまあ、野宿していた頃に食べていたものよりはまし。食器を戻した盆を廊下へ出し襖を閉めると、女は、すぐにうえから降りてきて持ち去り、台所から水音が響き始めた。忍は、水が止まるのを待って居間に面した襖越しに話しかけた。

「トイレ、借りていいですか」

「ああ。わたしが部屋へあがったら、下のをどうぞ。手を洗ったら、タオル、壁にかけてあるのを使って拭いて」

「歯は、みがいて……も？　いちおう、自分の歯ブラシのセットを持ってますが」

「……唾液、が飛び散ったら怖いので、申し訳ないけど、トイレのなかの手洗い場でみがいてください」

　朝のみ奢《おご》られるつもりが朝食兼昼食になった。いい加減、帰るよう切り出されないのを腑《ふ》に落ちず感じながら、要請がない以上、だまっているほうがいいのだろうと判断した。つい仏間でごろごろしているうちに眠気がのしかかってきてまた寝入る。次に眼ざめると七時をすぎ、雨戸は女が閉めてくれたようでまっ暗い。

瑠奈からメールが届いていた。

〈いまどこにいるの。東京？　大阪？〉

〈そんなやばいとこには行かないよ。おかげで元気だよ〉

〈犬のマロンは余命宣告より早く死にました。手術代を助けてくれなかったおじさんに生きてる価値はありません。中村さんをパンチした動画をアップしてる人

にアクセスしてアドレスを教えたから、いやがらせメールが殺到しますように〉

個人情報ろうえいだな。でも楽しみに待つよ、と返した。

夕飯には、まずまず美味《うま》い親子丼と茄子《なす》の味噌汁、冷しトマトが出た。女は二階で過ごしている。食べ終わって廊下へ盆を返したら、すぅっと降りてきて片づける。

忍は、女が下にいるあいだは自分は気配を殺したほうがいいのだろうと考え、排泄《はいせつ》をこらえた。その日は気温があがらなくて汗はかかないですみ、シャワーは朝浴びたから夜はそのまま寝入った。蔵にいた頃はじゅうぶんに手足を伸ばせる余裕がなく、ひと晩も満足に眠れたことはなかった気がする。

ここでは、いつまででも眠りつづけていられそうだった。

次に眼ざめたのは正午で仏間の雨戸は閉まったままだ。家のなかはしずまり返り、こわごわ、光の射す廊下へ出ると再びメモが置いてある。

〈車で出かけます。三時くらいに帰ります。ここにいること、ご家族には連絡してますか？

玄関のくつ箱にお礼とうちのカギを用意したので、帰るなら、カギをかけてドアの外の赤茶色い植木ばちの下に隠して、出て行ってください。もう何日か泊りこんでも大丈夫なら、たのみたい仕事があるのでいてくれてかまいません。

台所にカップめんとわりばし、水を入れたヤカンがありますから沸かして適当に昼をすませてください。れいぞうこの麦茶は、流しに置いた駒の湯温泉の湯呑みで飲むように。

洗いものはわたしがやるので流しに放ってください。家主〉

廊下の奥のドアをあけ、居間へ入る。テーブルのまえに座り、電源の切れたテレビ画面を見つめ麺をすすった。女の指示に背《そむ》き流しで容器と割箸を洗って、うしろの食器棚をふり返り、封筒を盗んだまま返していないのを思い出した。バックパックの底を探るのが面倒で、もう少し、預かることにした。

やることがなく二時まえにシャワーを借りようとして、脱衣かごに無造作に、すでに洗濯され乾いた、おとといの夜に自分が使ったタオルと父親の別の下着が放りこまれているのに気づいた。洗濯機のまえには忍の専用と決まったらしいピンクのバケツがあった。

仏間へ戻り、運動不足を解消するため腕立て伏せに励んでいたら、坂を車がのぼってくる。女が帰ってきた。玄関には忍のギアつき自転車、謝礼と鍵が残っている。女は、よいしょ、と呟き廊下へあがると、襖越しにはなにも尋ねてこないまま洗面所へ進み入った。手洗いとうがいをすませ、シャワーが床を打つ音が伝わる。

女は、風呂場から出ると洗濯機を回した。洗濯槽の回転する唸りと水音が家ぜんたいに響き、引き戸から出て廊下を居間へ進み、なにやらぶつぶつ呟いて家事をこなし、二階へ向う。トイレの水音が聞こえる。

夜には、鯖缶と韮《にら》の入った塩焼きそば、キャベツの浅漬けが出た。いままでの生活にくらべたら、すこぶる恵まれている。

九時をすぎると外は雨が降り始め、忍はこんどは眠れなくなった。雨音がうねって大きくなってくると、それは、川が増水し土手を乗り越え町へ向ってあふれだす音に思え、この家は船になって、自分と女のふたりがそっぽを向きあったまま果てのようなところへ流されてゆく空想に浸される。

うたたねをくり返し、暗やみのなかで携帯を見ると午前三時をすぎていた。仏間の襖の下からかぼそく光が射し、女が部屋から出て灯りを点けたのだとわかり、階段を降りてくる足音がした。いったい、どこ、いっちゃったんだろう。困ったふうに独り言を呟き、居間へ入っていった。七、八分して女が廊下へ出てくると、忍は風邪っぽくもないのにくしゃみした。女は襖の向うで立ちどまり訊いてくる。

「まだ起きてる？」

「はは。日中、寝すぎたせいで」

「いま、これからのこと、相談、いいですか。この時間がいちばん話しやすいから」

どうぞ、と答えると女は灯りを消し、仏間へこぼれていた光は消えた。廊下に座り襖にもたれる気配がする。

「明日から、……朝九時から夕方六時まで、うちの門の外で、このあいだみたいな落書きをしに来る人を寄せつけないよう、見張り役をしてほしいんです。日給は出せないけど食事や洗濯の面倒はみるので。わたしは脂っこいのが苦手だけど、リクエストしてくれたら、食べたいおかずの入ったお弁当を買ってくるし。お酒とか、他にも要りようのものがあれば、メモを廊下に出してくれたら買ってきます」

低めた声で一気によどみなく提案され、はぁ、と戸惑い答えた。

「おれ、酒は、若いときに急性アル中で死にかけて以来、全く」

「じゃあ、わたしたち、そこは同じですね。わたしは、奈良漬けのにおいを嗅ぐだけで駄目なんで」

「見張りは得意ですけど、……あの、よそから来た男を連れこんでるって、町で妙なうわさになりませんか」

「うわさなんて、怖くないです、いくらでも陰口を叩けばいい。わたしは、なにもうしろ指をさされることとなんてしてません。それでもし、町の人たちが結束してわたしを襲撃しに来るようなことがあれば、あなたは、用心棒みたいに倒していってくださいよ」

「襲撃、なんてことはさすがにないと思いますけど。でも、あの、自分、男、ですよ？　正体、よくわかってないまま居候《いそうろう》させて、隙を狙って強姦《ごうかん》されるんじゃないかって怖さはないですか」

笑いかけてこらえる気配がした。揺れる背中がぶつかって襖がふるえる。

「初めはたしかに、そういう場面を空想しかけて、家でふたりきりになるの、警戒したことありました。でも、いくら考えても、きのうから怖くない。あなたはこのさき、どんな状況になっても……、たとえ、わたしからお願いしたって、わたしには指一本、触れなそうな予感しかしない」

馬鹿にしている。忍は、タオルケットから這い出て襖へ近づこうとして、見るな、と叫んできたときの女の形相を思い出した。ずれたマスクからむき出しになった鼻の穴を、ひまわりの種みたいなかたちにふくらませていた。

肩まで伸びた髪は自分で切っていそうにばさついていて、眼鏡の向うの伏せがちの瞳は死んだ魚のよう、不味《まず》そう、と思わせる痩せぎすで、爪の垢ほどにも可愛いと感じられず魅かれようがないところが、むしろ、いまの自分にはお似合いなのかもしれない。これも縁だ。我慢しきれなくなるまで養ってもらおうかと考えついた。

「じゃあ、姦、じゃなくて、おれに、強盗されるんじゃないか、とは?」

「盗まれて困る価値のあるものは、この家にはひとつもないし」

忍が食器棚の封筒を盗んだのだとは疑っていないらしい。もっとも、売りに出せる価値はないだろう。

「でも、お客さんは、……働いてないみたいなのに、収入は」

「うちの両親は、倹約家でね。受け継いだ資産で、わたしは、切り詰めてさえいれば老後までなんとかなりそうなんです。何とか、あなたくらいはここに住まわせられる。それに、自分のためでもある」

「え？」

「このまま、けっして、顔は見せあわないで。互いの気配は、ときどき、幽霊がいるのかな、とでもびくっとさせるくらいに漂わせるのが理想です。……ふたりにとってすごしやすそうな、暮し方のルールについて、また閃いたらメモを廊下に置きます。ルールさえ守っていれば、自由です。明日からの仕事、お願いしますね」

その夜から七月半ばまで、町は雨と曇りがつづいた。忍は、蔵にはいちども帰らないまま、女の家から坂のうえの蔦に包まれた廃屋、下っていって青空クリーニングの辺りまで歩き回ってすごした。もちろん、帽子に色つき眼鏡、マスクを欠かさない。

展望台へドライヴする車に犬の散歩者、坂のずっとうえにもう一軒あるだれかの住む家へ数日おきに走ってゆく生協や宅配便のトラックがやって来ると、道ばたに立ちどまり背中を向けて通りすぎるのを待った。だれも来ない日もしょっちゅうだ。

「ただいま、戻りました」

仕事を終え玄関へ入ると、家のどこかにいる女に向って呼びかける。ちりん、おもちゃの鈴の澄んだ音が響く。声で返事をする代りに使いたいと申し出られた。忍も同じのを持たされている。

忍は、外でなら煙草もすえる。メモを廊下に出して頼めば買ってきてもらえる。食事も、好きなからあげやとんかつの弁当、ときには寿司を与えられるようになり、新たに与えられた湿布薬と絆創膏で野宿の頃の怪我も治り、日に日に、鏡を覗くたびに顔は若返っていった。

炎天下での見張りはさすがにつらいが、女は、インスタントのポカリスエットを冷蔵庫にたやさないよう用意してくれて、自分で水筒に入れ持ち歩いた。八月に入ると瑠奈からメールがあった。

〈県内、ついに感染者が出て家族も会社も壮絶に叩かれてるね。気をつけて生きてますか。

おじさんは、このさき、どこかで野垂《のた》れ死《じ》にして身寄りも特定されないまま共同墓地に埋葬されるといいんじゃない、って、みんな、ニュース見ながら言ってます。このまま、帰らないでね〉

夜、網戸にした仏間であぐらをかき、扇風機にあたり、女が廊下に置いてくれた肉なしのゴーヤーチャンプルーがごはんにのった丼をかきこむ。帰らないよ、とひとこと打って返した。もう一件、知らない人からも届いた。

〈訴えは出来ないけど、あなたは人殺しです。鮎子さんの葬式のときの遺影を添付します〉

アドレスをブロックした翌朝、携帯は電波がつながらなくなった。

女は昼間はテレビを点けているときがあるが、忍がトイレを借りに戻ると消してしまう。夜に見る習慣はなく、新聞は取らない。地震があるとラジオで情報をたしかめる。襖をノックし、震度と震源地について、電力会社の発表によれば原発に異常はないことを教えてくれる。忍は、鈴を鳴らし返す。

外で起きていることをろくに知らないでいると気分は安らぐようで、この安らぎにはいつあっけなくひび割れ足もとに穴があき、ぶ厚く張っていたはずの氷の下に広がる暗く冷たい水の底へ投げ出されるかわからない、ひりつくスリルがある。煎餅布団に這いつくばり眼を瞑った。両手で洗剤のにおいのするシーツをまさぐり腹が早くも空っぽになって鳴る音に耳を澄ませ、ここは、冬の湖ではなく夏の女の家だと言い聞かせる。

「それに、自分のためでもある」

妙が、襖越しに男に語りかけながらつい口走ったのは、男を初めて家に泊めた翌日、枕もとに食事の希望を尋ねるメモを置きに踏みこんだとき、うす暗がりに浮びあがってみえたマスクも眼鏡も外した寝顔が、いっそう、及川陸と重なってみえたからだ。痒そうな虫刺されだらけで、暴漢に遭ったみたいに紫に腫れたまぶたを閉じ、くちびるも端のほうが腫れて切れて滲んだ血が赤黒く固まっていた。対面しなかったあの子の死に顔は、こんな感じでもっと損傷がひどかったのかもしれないと思わされた。男の眼鼻立ちを、光のなかでよりあざやかに摑むのは避けたくて、雨戸をあけてやると背中を向けた。視線をそらし仏間を出た。住む場所に困っているのなら、夏いっぱいくらいは面倒をみてもいい気がした。

昼も夜も、陸の父親、と名乗る男が火を放ちに来るかもしれないとおびやかされているあいだは、ここにいてもらえるほうが心ぼそさも軽くなった。

ふたりで暮し始めてからは、週に二、三回、車で自分を知る人のいなそうな区域の店まで買出しに出かけるようになった。運転に慣れ、そのうち海へも車で行けそうだ。

お盆をすぎると、青空クリーニングは壁も窓も藪枯らしや忍冬《すいかずら》、名前のわからないつる草におおわれた。毎日、男は決められた時間、無言で見張りをこなす。日照りつづきの週も文句のひとつもなかった。こちらが車を出しに外へ出るときは、早めに察しどこかへ身を隠す。家主とは居合わせないようシャワーと排泄をすませ、ごみはマニュアル通りに分別し仏間でおとなしくすごす。七月に寝顔を見て以来、いちども、その姿は眼にしていない。

いまや、――襖や二階の部屋の床越しに、男の足音やくしゃみ、はなをかむ音を聴き取ると、じつは生きていて成人した及川陸をかくまっているように思いかけたり、本間さんの幽霊が人恋しさからこちらへ忍びこんできたように感じたりする。怖さはなく、なんの不満もない。

台風が襲来し、いちばん猛威をふるった日に、忍は初めて女の家の見張りの仕事を休んだ。翌朝、青空クリーニングのまえを通ったら、二階の台所の窓が割れていた。椋鳥《むくどり》がしきりに出入りする姿を目撃するようになった。

紅葉が始まり道ばたの草も赤や黄に染まる頃、女は胃腸を壊した。お粥を買ってきてほしいとメモで頼まれ、ずっと玄関に置いていた自転車を外へ出した。バックパックに、託されたお金の入ったがま口と、いっしょに靴箱にならべてあった謝礼の封筒を大事にしまい、背中のうえで揺らし駅の向うへ漕ぐ。自転車はあちこち錆びてきていてうろこ雲の広がる秋空に鼓膜を突く軋みが響いた。

青空クリーニングを通り越し、だれも歩いていない住宅街を走り、旅館や郵便局のある通りへ出る。鴉が電線に止まり、車が来たらタイヤで胡桃の殻を割らせようと待ち受けている。自転車の音しかしない。駅まえを通り、このまま、自分は家には戻らずどこまでも好きなだけ走っていったってかまわないのだと思い当たった。雨戸を閉めた暗やみで、全身に寝汗を滲ませ布団にくるまり腹痛に耐えている女のシルエットを想像すると、明日には自分も同じ症状に見舞われそうな予感がよぎった。

〈体調を崩しました。明日のごはんは、見張りに入るまえに、駅の向うの生協までひとっ走りして自分で買ってください。ついでに、梅干し入りのおかゆのレトルトもお願いします。くつ箱にお金とカギがあります。自分では、炊く気力が出ないので。頼みます〉

くだすのと吐き気が止まらなくなり、男が寝ているあいだに襖のすきまからメモを差し入れて落とした翌朝、下から自転車を外へ出す気配が伝わった。妙は部屋の布団に仰向けになり、きーこ、きーこ、遠ざかる軋みを聴き、このまま去られてもしかたがないと覚悟した。眼を瞑り、あぶら汗を流しつづけた。

「ただいま、戻りました」

予想に反し帰ってきて声がして、おなかをさすり伏せたまま鈴を鳴らす。階段をのぼる足音が迫り、ドアのまえに何か置いて降りてゆく。お粥を十パックも買ってきてくれた。次のメモを廊下に置いた。

〈熱はなく味覚に異常はありません。当分わたしはおかゆだけ食べます。いま、手元にある現金がとぼしいので、あなた用には台所に各種レトルトを用意しました〉

翌週、男もおかしくなったらしいのは、夜中、ひっきりなしにトイレにこもり水を流す音でわかった。襖越しに案じた。

「あの、……くだしたり、した？」

ちりん、鈴がひかえめに鳴る。

「今日は休んでください。熱を測って、メモに書いて教えて。薬と水も用意します」

〈36・5。平ねつ。原因はたぶん、かきフライ。トイレットペーパーを多めにください〉

「わたしは出かけるから、トイレのまえにペーパーの予備、台所にお粥を置いておきます」

再び、ちりんちりん、鈴が鳴った。

妙は車を出すと、夏の初めに男と再会したファミレスへ向った。国道の両側に広がる田んぼは、刈り取られた淡い金色の稲が天日干しされていた。店は営業をつづけており、ホットケーキとドリンクバーを頼んだ。

もしも、男が思ったより遥《はる》かに深刻な病気で、突然、仏間で死なれたら、男が持っている携帯のアドレス帳をたしかめる必要がある。まずは、縁が切れているらしい家族に知らせる。知らせたところで面倒がられそうだ。夜明けまえに死体を青空クリーニングまで運んで鉄骨階段から二階へ引きずりあげ、玄関へ押し入れる光景が浮んだ。風呂場の浴槽に閉じ込めて蓋を閉め、いまや、男は妙以外、町のだれもが忘れた部屋の片隅で腐ってゆく。

空想は止まらなくなり臭いまで鼻のなかに立ちこめてきそうで、メープルシロップの沁みたホットケーキはトイレで吐いた。

回復したら、出て行ってもらうように言おう。家へ帰ろうと車に乗り、こんどは、自分が留守で見張りがいないときに限って、あの子の父親が来るかもしれないという考えに囚《とら》われ胃を締めつけられる。お葬式の日の肩さきの張った喪服姿で、両手に灯油入りの朱《あか》いタンクを提げ、青空クリーニングから妙の家へつづく坂をのぼってゆくうしろ姿が脳裏に閃いては消える。

初めてひとりで海までドライヴし、陽が落ちてから帰った。町はいつもどおりしずかだ。青空クリーニングは先月の台風で住居の窓硝子が割れ、椋鳥たちが吸いこまれる影を車から見た。坂のうえの家は焼け失せてなどいなかった。

「ただいま」

玄関から声をかけた。仏間から、ちりりり、小刻みに鈴が鳴った。

台所のごみ箱をのぞくと、お粥のパックがプラ、可燃のほうには、お粥に入っていた梅干しの種がティッシュにくるまれ捨てられている。洗面所のピンクのバケツには汗くさいパジャマが入れられていて、ゴム手袋をはめた手で洗濯機へ放りこんだ。男は下着は自分で手洗いし仏間に干す習慣がある。その他の衣類やタオルは、夏のあいだは妙のものと分けて洗濯していたものの、涼しくなってからはいっしょにしている。

けっきょく、四日間、男は見張りを休み、仏間と下のトイレを行き来し、お粥だけですごしていた。いざ、トイレへこもる回数が減り治ってきているのがわかると、雪が降る頃まで住まわせていてもいいような気がまさってきた。

牡蠣《かき》フライにあたって仕事を休んで以来、忍は、脂っこいものが怖くなった。シベリアから渡ってきた白鳥の隊列を立てつづけに見あげたある夜、体重計に乗ったら、夏から八キロ減っていた。

突き詰めてゆけば、やがて、米か麦と豆、木の実、野草などで凌げるようになり、体のなかは空っぽに近づき、餓死ではなくて、生きながらミイラになる死にかたはできないだろうかと夢想するようになった。

鏡に映る顔は、日に日に、痩せこけてゆく。うっかり、女に見られたら、癌じゃないかと要らない心配をかけそうで、顔を合わせない暮しでよかったと思う。

さらに三キロ減った翌朝、見張りへ出ようとすると、玄関のドアの内側にクリスマスの飾りが吊り下がっていた。枯れ枝を束ねて輪っかにしたものに、つやつやした柊《ひいらぎ》の葉っぱや松ぼっくり、房になった金茶色の実をつけたつる草を絡ませたもので、女の手作りだろうか。

腕時計を見ると終業時刻をすぎ、帰りぎわ、蒼ざめた闇に粉雪が舞い始めた。ことし初めての雪だった。いつからか、女の家のある坂は、車も宅配のトラックも犬の散歩者もまったく来なくなった。いちどだけ、窓の灯りを見た展望台に近い家も、気づかないうちに引き払われたのかもしれなかった。

「ただいま、戻りました」

玄関へ入ると女は二階の部屋にこもっている。布マスク作りに熱中していそうな気がする。手洗いとうがいをし廊下へ出て、襖に貼られた、警告、と赤い太マジックで力強く書いた紙が眼に入った。

〈プラスチックごみに、横浜中華街の肉まんの袋が捨てられ、あと、電子レンジをうちではめったに使わないから電源をぬいてあるのに、コンセントささりっぱなしでした。

仕事を無断でぬけて買いに行きましたか。こういうサボりは一切やめてください。家主〉

きのう、向うが留守にしているあいだに、一年ぶりに肉まんにありつきたくなり探しに坂を降りた。コンビニが見当たらず、生協で冷凍食品を買って帰った。胃はすでにミンチの脂を受けつけなくなっており、苦しいほどもたれた。

「すみません、もう、しません」

階段に向って叫び、鈴が鳴るのは待たないで、警告をわざと襖紙ごと破って剝がし、仏間へ入った。好きなときに肉まんを買う自由も許されないなんて、檻《おり》に閉じこめられているのと変わらないじゃないか。雨戸を閉めようとして、上の部屋まで揺れが伝わるよう、力いっぱい膝で蹴った。暖かいパジャマに着がえ、これも女の父のガウンを羽織る。痛めた膝をさすり灯油ヒーターを点け、布団に寝そべって破ったものを広げてみた。裏側はカレンダーで皇居の桜が満開になっていた。

苛立ちがおさまってゆくと、忍は、警告を引きちぎった自分に怯えた。次に頭から雨戸に叩きつける相手は、まちがいなく女だ。耳の底から響く、人殺し、の声に追われ、ライターに手が伸びる。火傷だらけにならないうちに、この家は出ないといけない。

眠れない三時すぎ、女はしょっちゅう、天井の向うで神経質に机の抽斗をがたつかせたり押入れをあけたり、なにかを捜し始める。毎晩ではなく、ときどき、そうなる。見つからない、見つからない。独り言を呟き階段を降りてきて居間へ入り、テレビの下の棚や食器棚を点検して回るのが、扉を開閉する軋みでわかる。見つからない。再び、溜息まじりで嘆きスリッパの足音を情けなく響かせ、部屋へ戻る。泣き笑いが波打ち聞こえてくるときもあるけれど、夜明けまえにはかならず死んだようにしずまる。

考えられるものといえば、忍がバックパックにしまいこんだままの封筒だ。気まぐれで盗んだのは取り返しのつかないことをやらかしたみたいで、元へ返そうとするたび、あれを捜すのもいまや女にとっては趣味であり生きる張り合いと化していて、このまま、出てこないほうがよさそうな気もする。

次に起きたら、雪は積もっているだろうか。忍は、一面が清らかに白くなった景色を思い描き、眼を瞑った。冬は始まったばかりで、この家の周りが完全に雪で閉ざされるまでには別の町へ行こうと自分に言い聞かせた。封筒はだまって持ち去るかもしれないし、火を点け焼き捨てるかもしれなかった。遺灰みたいに海へ撒《ま》く。

十一月に入り、買出しの帰り、妙は、青空クリーニングのまえにあるベンチにお供えらしきものが置かれているのを車から見た。いったん家に戻った。台所で買ったものを整理していると、六時になり、廊下の向うから、本日の見張りを終えた男が玄関へすべりこむ物音が伝わった。ただいま、の代りに、鈴が鳴った。鍵が締まりチェーンがかかり、足音を立てずに仏間へ入る。

男は、先月、おなかを壊して以来、食べものの好みが変わった。さいきんは、蒸《ふ》かし芋に豆腐の味噌汁、青菜のお浸しばかり食べている。まるで修行中のお坊さん。相変わらず、顔を合わせることはない。足音はかろやかになり、鼾はしなくなった。

「ちょっと、散歩してきます」

男に声をかけ、鈴の音を聞き取ると、妙は本間さんへのお供えをたしかめに行った。

夜目に蒼白くみえるベンチには、白や黄の菊と青紫のりんどうを束ねた仏花と、缶ビールが一本、ならんでいた。見あげると、いまも家財がそのままになっているはずの部屋の窓の向うはどんよりと暗い。一階にも動物が入り込んだらしく、硝子戸の内側のカーテンが引き裂かれている。

もういちどベンチを見おろした。町のだれかが、亡くなって半年もすぎてから悔いて弔《とむら》いに訪れたのだろうか。

みるみる、仏花は萎《しお》れていった。缶ビールはいつしか下へ落ちて転がり、ベンチの錆びた足もとで止まっていた。妙は、黒ずみ干からびた花を草むらに放り、酒は側溝に注ぎ、花を包んでいたセロファンに薄紙、輪ゴム、空き缶は持ち帰り分別した。

十二月になると粉雪が舞い、半ばには初めて大雪が降った。妙は、男が起きだすまえにパジャマのうえから袢纏を羽織り階段を降りていって、襖越しに声をかけた。

「今日は、吹雪いてるから仕事は休みでいいですよ」

ちりり、ん、男は息も絶え絶えっぽく鈴を鳴らした。ふざけている。外は零下なのにヒーターの作動音はしない。いつからか、灯油の切れた報告も止まっているけれど、まあ、点けないでいても平気なんだろう。灯油代が浮くのはありがたい。

スリッパで何かを踏んづけ、見おろしたらメモが置いてあった。見慣れた右さがりの字は、ここのところ、急速に筆圧が弱まりつつある。

〈ごはんは、明日かあさってまで、いりません。体調がわるいわけではないので、

心配しないでください〉

その日は一日、妙も気圧の変化のせいか体がだるく、午前中に仏間以外の掃除を終え雪かきに精を出したあと、夜まで部屋で眠った。仏間の掃除は、夏からずっと男に任せてクイックルワイパーを渡している。気がつけば五ヶ月間、あちらへは踏みこまず両親に線香をあげていなかった。

翌日は雪が止んで空には晴れまがのぞき、買出しへ出かけた。道の駅の帰り、縁のない町の商店街を車で流していて通りかかった同年輩の女の営む花屋で、白い薔薇《ばら》を三本、選んだ。今年は結婚式やパーティーがなくなり行き場を失くした花々が値下がりしているそうで、香りが高貴でしょう、とすすめられた。本間さん、陸、来ないままの陸の父。日ごろは、花といえば野草を摘んで飾るくらいだから、買うのは滅多にないことだ。

六時すぎに帰宅すると、今日は見張りに出たはずの男は仏間で早くも休んでいるのか、暗く冷えきった家ぜんたいがしずまり返っている。ただいま、と声をかけても反応がなかった。

電灯を点けると、玄関には自転車が置きっぱなしだ。夏のあいだ愛用していたゴムのサンダルは、ごみ同然に古びたから捨てた。父のものをあげた長靴と雪用ブーツは寄り添いあうようにならんでいる。濡れたはずのブーツはもう乾いていた。

胸さわぎをおぼえ、靴箱をあけて中身をたしかめた。父が定年退職後によく履いていたトレッキング用の靴が、あったはずなのになくなっていた。とっくに捨てた気もした。仏間へ入ろうとは思えない。たんに、眠りこんでいるだけかもしれないし、いま、バックパックがなくなっている光景を突きつけられたら、家から逃げだしたくなるかもしれず、水戸の叔母のもとへ転がりこんで迷惑をかけるわけにもいかない。

肉まんの件で注意したのを根に持ったのだろうか。ばれないように食べてくれたらよかった。ルールは守ってもらわないと、家を燃やされるのかもしれないのだから、雇い主からはそう言えない。

世話してやっているようで、自分も支えられているとは認めたくない。自分には、だれからも支えてもらう価値はない。

部屋着に着がえ居間へ入り、テレビを点けた。夜に見るのはひさしぶりだ。母の好きだったちあきなおみを特集していて、男が眠りからさめるように音量を上げた。黒いイヴニングドレスを着て、いまは遠い星になった人に向って、そこからわたしが、見えますか、と歌いかけるのに合わせ、かすかに口ずさんだ。男が起きる気配はなかった。シャチの狩りを追う番組に替え、買ってきたものを消毒しながら冷蔵庫にしまった。

親子丼に小松菜のお浸し、大根の味噌汁で夕飯をすませた。洗いものまで終えてから、もういちど、襖の向うにいるはずの男へ話しかけた。

「あの、本間さんに、……思い立って、初めて、お花、を供えに行こうと買ってきたんです。遅すぎるけど」

ああ、とすっかり老け込んだしゃがれ声が返ってくる。本間さんとも、陸の父とも似ている。おれも、花、見て、気になってました。——声が変わったのは、粗食つづきのせいもあるのだろう。

「これから出るから、わたしのあとからついてきませんか。いっしょに成仏を祈りましょう。すぐ戻るので鍵はかけないで行きます」

タートルネックにカーディガン、コーデュロイのズボンのうえからダウンコートを着込み、マスクもちゃんとして家を出た。辺りは、こまかな銀色の粒を含み薄蒼くひかってみえる雪のせいで明るく、そのうえに映る妙や電柱や周りの家の影は群青色をしていた。

妙は、墨色の空の下、透きとおった音を立てて雪を踏み、ときにはブーツがめり込んで膝まで埋もれながら、坂を降りていった。空気は冴え返って頰を切りつけ、マスクから漏れる息は白く眼鏡を曇らせた。うしろでドアが開閉する音がした。向うは、先月、冬用に与えた父の黒いダウンを着ているはずだ。さくっ、しゃり、ずるっ、ふたりの足音は、ふしぎと重なりながら一帯に響いては厚い雪に吸い取られた。

ベンチのまえで立ちどまると、向うの足音も止まる。ふっと、安らぎをおぼえかけて背すじを引き締める。真ん中に薔薇を置き、湿った手袋に包まれた指で眼鏡を拭いた。しゃがんで眼を瞑り手を合わせた。

二階を見あげると、つる草の枯れ落ちた割れた窓が、少しさきにある街灯を照り返している。あの向うにある、カメムシの死んでいたステンレスの流しにも、雪は容赦なく降りこんだだろう。

妙の脳裏には、だれなのかよくわからない影絵めいた男が背中を丸め、パックのままレンジで温めたお惣菜を食器棚の湯呑みに一膳だけ立ててあった黒い塗り箸でつまみ、白地に青い松葉模様の茶碗《ちやわん》からごはんをかきこむ手のようすが、揺らぎながら浮んだ。本間さんとも、陸の父とも区別のつかない男。

あそこで、いったい何回、食事したのだろう。本間さんは、仮の住まいですごしたあと、もとから契約していた新居へ引越しなおしても、よりによってこの春に東京から来た、というだけで、爪弾きにされていたのではないか。

外は四月なのに雪が降り、エアコンも石油ストーブもない。唯一の暖房である炬燵にあたりながら、さむざむとした部屋じゅうに響くみずからの咀嚼音《そしやくおん》を聞き、次第に、思い詰めていったのかもしれない。

子どものするみたいなくしゃみが、くちゅん、と聞こえ、立ちあがった。どれだけ痩せて仙人めいた風貌に近づいたのやら、ふり返って、夏以来で男の全身を見てみたい衝動に駆られる。もう眼鼻立ちはよみがえらせられなくて、中二のままの陸にも、陸の父、空想のなかの本間さんにも置き換えられる。帽子と青っぽい眼鏡、マスクで隠した顔とも、ここへ忍びこんだのを最後に向きあっていなくてなつかしい気もした。これ以上、余計な情を湧かせないためにうつむいた。呼吸するたび、マスクの内側は湿ってくちびるに貼りつき、冷たく濡れた。

親の遺した貯金には限りがある。冬が終わったら、こんどこそ出て行かせる。

「じゃあ、あなたも手を合わせていって」

妙は、うしろにいるだれかに話しかけると、ニット帽を目深く被りなおし、マフラーに顎を埋《うず》めた。再びまっ白く曇った眼鏡を外した。手袋をしていてもこごえる指さきでレンズを拭い、オレンジの常夜灯の光が柔らかく闇に滲む家へ向って、雪を踏み坂道をのぼり始めた。

〈ごはんは、明日かあさってまで、いりません〉

きのう、男が廊下に置いていたメモには、インクのなくなりそうな字でそう書いてあった。帰ったら、夢を見ず寝息も漏らさないほどに深く眠りこんでいるときを見計らい、襖のすきまから仏間の闇へ新しいボールペンを差し入れてやろう。明日は、あの人はごはんを食べるだろうか。食べないと死んでしまうから、明日もあさっても、鈴が鳴る限り用意してやろう。鳴りやんでも自分はお供えをつづけるだろう。北の町の長い冬はまだ始まったばかりだった。

初出――「文藝」二〇二一年秋季号

木村紅美（きむら・くみ）
一九七六年兵庫県生まれ。小学校六年生から高校卒業まで宮城県仙台市で過ごし、現在岩手県盛岡市在住。明治学院大学文学部芸術学科卒。二〇〇六年に「風化する女」で文學界新人賞を受賞しデビュー。著書に『風化する女』『月食の日』『夜の隅のアトリエ』『まっぷたつの先生』『雪子さんの足音』などがある。

あなたに安全《あんぜん》な人《ひと》

二〇二一年一〇月三〇日　初版発行
二〇二二年　九月三〇日　2刷発行

著者　木村紅美
発行者　小野寺優
発行所　株式会社河出書房新社
〒一五一・〇〇五一
東京都渋谷区千駄ヶ谷二ノ三二ノ二
☎〇三・三四〇四・一二〇一（営業）
〇三・三四〇四・八六一一（編集）
https://www.kawade.co.jp/

組版　KAWADE DTP WORKS
印刷　三松堂株式会社
製本　小泉製本株式会社

Printed in Japan　ISBN978-4-309-02997-9
落丁本・乱丁本はお取り替えいたします。